D1077910

LILA DIT ÇA

CHIMO

LILA DIT ÇA

PLON

Le Code de la propriété intellectuelle n'autorisant, aux termes de l'article L. 122-5, 2° et 3° a), d'une part, que les « copies ou reproductions strictement réservées à l'usage privé du copiste et non destinées à une utilisation collective » et, d'autre part, que les analyses et les courtes citations dans un but d'exemple et d'illustration, « toute représentation ou reproduction intégrale ou partielle faite sans le consentement de l'auteur ou de ses ayants droit ou ayants cause est illicite » (art. L. 122-4).
Cette représentation ou reproduction, par quelque procédé que ce soit, constituerait donc une contrefaçon sanctionnée par les articles L. 335-2 et suivants du Code de la propriété intellectuelle.

© Plon, 1996

ISBN 2-266-07582-9

Avertissement de l'éditeur

L'histoire du manuscrit de ce livre mérite d'être contée.

Un avocat nous l'a fait parvenir et remettre en mains propres. Son auteur, Chimo, dont le nom se trouve dans le texte, désire rester dans l'anonymat. Nous ne l'avons jamais rencontré et ne savons rien de lui.

Le manuscrit se présente sous la forme de deux cahiers Clairefontaine rouges au papier quadrillé. Il ne portait pas de titre. Nous avons trouvé l'expression « Lila dit ça » écrite en majuscules dans la marge, en haut de la page 7. Elle nous a semblé convenir à cet usage.

L'écriture de Chimo, au stylo Bic, était difficile à décrypter. Dans le manuscrit final, nous nous sommes contentés de rectifier les erreurs d'orthographe. Par moments, il nous a paru nécessaire de retoucher la ponctuation qui était assez incertaine. Nous avons conservé un ou deux passages dont le sens nous a paru confus, sans les rectifier.

Malgré les accents de sincérité présents dans le texte, nous avons envisagé l'hypothèse d'une mystification. La maison d'édition s'est divisée sur cette question. S'agit-il d'un auteur confirmé ou du premier roman d'un jeune écrivain talentueux (dans le texte, Chimo dit avoir dix-neuf ans et demi) ?

Quoi qu'il en soit, l'étonnante qualité littéraire de ce récit, masqué ou pas, nous conduit à le publier.

(ici c'est le début)

elle n'arrête

elle commence pas me dire qui :

tu vois que j'ai le visage de l'ange (que tout le monde l'me le dit. tu vois mes yeux qu'ils sont clairs et bleu, que tu peux demander jusqu'au fond de ta poche. tu vois mes cheveux tellement blonds, elle dit ma tante que c'est comme si des pelassois [...] de l'or rien que pour moi. et ma peau elle dit ma tante que c'est le parait le teint Saint Laurent, celui là le ballon fait naître sur un œil, alors elle dit ma tante qu'il aurait mérité de passer son éternité sur une peau comme la mienne. tu vois mes mains, qui sont fines blanches et douces, quand je les mets l'une contre l'autre le bon Dieu il est d'accord sur tout.

elle était en moment de baisse la tête, puis elle la relève après elle me dit.

ma voix, je te jure, tu la connais elle est comme une cloche de baptême, elle dit ma tante, comme peut dans une prairie au mois de Mai. Parce qu'elle parle comme ça ma tante, qui est mode comme injurieuse soufle, Tout qu'elle en sait rien, elle se maquille comme à l'entrée d'un parc d'attractions. trois heures tous les matins avant sa classe avec ses pinceaux, et puis après elle reste chez elle.

je la connais Sa tante, si je l'ai vue un jour à sa fenêtre cassée au sixième étage elle gueulait contre la terre entière. [...] on ailleurs [...]

après elle me dit : tu vois mes bras tu vois mes jambes, elles sont comme ceci comme cela je me rappelle plus ce que disait Sa tante, si [...]

*La première page du texte écrit par Chimo
sur les deux cahiers Clairefontaine*

Elle s'arrête, elle commence par me dire ça :
— Tu vois que j'ai le visage de l'ange, que tout le monde me le dit. Tu vois mes yeux qui sont clairs et bleus que tu leur donnerais jusqu'au fond de ta poche. Tu vois mes cheveux tellement blonds, elle dit ma tante, que c'est comme si des vers à soie avaient chié de l'or rien que pour moi.

Pourquoi elle me parle comme ça je sais pas. Puis elle dit :
— Ma peau elle dit ma tante que c'est le paradis de saint Laurent. Parce que saint Laurent celui-là ils l'ont fait mourir sur un gril, alors elle dit ma tante qu'il aurait mérité de passer son éternité sur une peau comme la mienne. Tu vois mes mains qui sont fines blanches et douces, quand je les mets l'une contre l'autre le bon Dieu il est d'accord sur tout.

Elle se tait un moment elle baisse la tête puis elle la relève, après elle me dit :

— Ma voix, je te parle, tu la connais. Elle est comme une cloche de baptême elle dit aussi ma tante, comme le vent dans une prairie au mois de mai, parce qu'elle parle comme ça ma tante qui est moche comme un vieux soulier. Pire qu'elle en sait rien tu la connais ?

Je dis que non.

— Elle en sait rien alors elle se maquille comme l'entrée d'un parc d'attractions. Trois heures tous les matins devant sa glace avec ses pinceaux et puis après elle reste chez elle.

Je la connais un peu sa tante quand même, je l'ai vue un jour à sa fenêtre cassée au sixième étage elle gueulait contre la terre entière.

Après elle me dit : tu vois mes bras tu vois mes jambes, elles sont comme ceci comme cela, je me rappelle plus ce que disait sa tante, si, des jambes pour faire un beau collier à saint Christophe et des pieds pour marcher sur la mer. Des pieds qui s'enfonceraient pas dans l'eau parce que c'est toujours les péchés qui sont lourds et c'est la cause qu'on se noie.

Elle voit le monde organisé comme ça sa tante.

On est là tous les deux pas loin du bac à sable, qu'à cette heure les enfants déjà sont rentrés, tu entends toutes les télés pareil, c'est les jeux du soir qui commencent, ici tout le monde rêve que la roue de la fortune elle va s'arrêter droit sur eux la flèche, et puis les radios en arabe que moi j'ai du mal à comprendre. Tu vois que les arbres ils bougent pas, pareils que s'ils étaient en béton peint sombre et puis le mec qui travaille chez Mammouth comme surveillant il se rapplique avec sa mobylette d'occase, tu as envie d'appeler les pompiers d'urgence tellement qu'elle fume noir et lui tous les soirs pour pas qu'on la chope il la monte dans l'escalier jusqu'au troisième que tu dirais du VTT dans l'HLM.

Alors d'un seul coup elle me dit ça :

— T'as pas envie de voir ma chatte ?

Moi je lui fais ni oui ni non comme si j'avais pas entendu mettons. Pourtant c'est clair ce qu'elle a dit mais j'attends un peu. Je la vois venir par prudence là. Je suis pas du genre à sauter par la première fenêtre ouverte même si la lumière est belle.

Alors elle me la ramène avec sa chatte :

— Ma tante tu sais, elle veut la voir tous les matins et tous les soirs. Elle se met devant et elle se la regarde si longtemps que moi je m'emmerde. Et même que j'ai froid. Et elle cause en tapant dans ses mains. Que c'est la porte de la vallée heureuse où le climat est toujours bien plaisant. Elle me raconte des trucs tu sais pas d'où elle les tire, que par exemple il y a enfermé dedans un génie formidable qui un de ces jours va tout éclater, si jamais il se rencontre l'ouvre-boîte d'Ali Baba.

Et puis ça et puis ça. Elle en faisait des poèmes tout le jour sa tante, de sa chatte. Qu'un petit bijou de soie frisée comme ça, avec la languette dormante et les enflures bien soudées, ça ne se friperait jamais. Pas comme sa vieille motte piétinée à elle (elle dit Lila). Que c'est tellement blond que ça peut servir de lanterne quand on est perdu dans la vie... Que les yeux fermés rien qu'à l'odeur tu peux la suivre en remontant jusqu'à la source qui maintient jeunes les organes. Que c'est une prière un adoucissant une île au trésor et la friandise de Jésus-Christ.

C'est déjà la deuxième fois qu'elle me bassine avec sa chatte. La première fois juste une question comme ça puis plus rien, comme dans l'oubli tout de suite. C'est pour ça aussi que je laisse venir, pour voir jusqu'où. Savoir si elle a vraiment de quoi en être prétentieuse.

Soyez pas étonnés aussi (vous qui me lisez maintenant des fois) que moi qui habite presque en face le centre islamique je parle tout le temps de saint Laurent et des autres. Parce que sa tante elle est chrétienne et sûrement elle aussi Lila. Chrétienne d'où ça j'en sais rien ni pourquoi ni comment, peut-être manière de se faire remarquer ou la famille alors. Qu'elle fait le signe de la croix sa tante, à ce qu'il paraît, quand elle reçoit le facteur. Et qu'elle a toujours la bouche archipleine de sainteté, à s'en

12

étouffer. Et le paradis et la sainte Vierge elle les met partout, et que le nom de l'ange Gabriel soit superbéni et celui des autres aussi sauf pour saint Paul, elle peut pas l'encadrer celui-là vu qu'il est macho comme pas possible, une erreur terrible de l'avoir fait saint elle dit.

C'est moi qui écris tout ça là mais c'est pas moi qui cause religion, c'est la tante à Lila. Déjà que moi Dieu j'en ai pas grand-chose à glander vu qu'il m'a oublié en route, en plus celui-là je le connais pas et les saints non plus. Mon père il disait quand il était là que des fois tu as que de la poussière pour remplir ton œil.

Et la petite aussi pourquoi elle est blonde ? Parce que sûr que les Norvégiennes elles vont passer leurs vacances ailleurs. Lila elle est la seule blonde naturelle dans tout le coin ça je parie. Si blonde qu'on dirait une tache. Mon père disait qu'avant des blondes pas naturelles on en voyait teintes comme ça par le Diable, mais maintenant l'islam a mis le holà, il faut respecter le travail de Dieu, s'il t'a fait moche et tout boiteux il sait pourquoi.

Ou alors elles se peignent une mèche en douce sous le foulard, ou même les poils du cul certaines pour être sûres que quelque part elles résistent.

Elle me dit encore ça :

— Ma chatte ça te fait pas envie de la voir ?

— Ça coûte combien ? je lui dis.

— Ce que tu voudras.

— J'ai rien.

— Je le sais que t'as rien, elle me dit. Je te parlais pas de thunes moi. Je te disais pas ça pour que tu payes. Je le sais bien que t'as rien. Personne a rien ici. Si je voulais me faire payer pour ça j'irais ailleurs.

— Pourquoi tu le dis alors ?

— Comme ça, pour se faire un cadeau. Il me semblait que tu en avais envie.

Quand elle parle, ça c'est vrai, il y a comme des chatouilles dans l'air. Je sais pas bien comment expliquer ça, des choses qu'on voit pas et qu'on sent. Sa voix ça fait bouger tout ce qui est par là et pourtant elle parle pas fort. Même les arbres qui ont l'air d'être en béton ils sont touchés quand elle parle. D'après sa tante, qui en a causé au facteur, c'est la voix de la pureté, c'est la voix qui chante dans les ruisseaux et qui fait démarrer les guerres.

J'ai des notes plein partout et maintenant j'essaye de mettre au propre. Je me rends compte que j'ai commencé le cahier à l'envers en laissant la ligne rouge à droite[1]. Mais c'est trop tard pour tout refaire, j'écris très lentement en faisant attention aux fautes, je me dépêche mais je sais pas si je vais un jour arriver

------

1. En effet, le premier cahier du manuscrit est commencé à l'envers, la marge étant laissée à droite.

au bout. C'est incroyable comme travail le temps que ça prend, je me doutais pas. J'ai jamais lu un livre en entier, alors l'écrire.

Question de la couleur blonde et de la tache que ça fait, et d'où elle viendrait avec sa teinte et ses cheveux d'ange du blé, même il paraît que sa tante, qui est brune-grise un peu mauve, prétend que ça vient de loin, quelquefois ça remonte à quarante ou cinquante générations et hop tout à coup ça vous pète sous le nez et voilà qu'arrive une blonde dans une famille de sombres, même que les savants de la spécialité savent pas pourquoi, c'est comme une Mac Laren un matin dans le parking du bâtiment H.

Elle me dit encore ça :

— Tu veux vraiment pas que je te la montre ?

— Pourquoi tu veux me la montrer ?

— Je te l'ai dit. Parce que j'en ai envie ce soir.

Avec cette voix qui fait comme un fil dans l'air.

— Et pas les autres soirs ? je lui dis.

— Pas forcément.

— Et pourquoi ?

— Parce que t'es pas le seul, hé.

— Tu l'as montrée à d'autres alors ?

Mais là elle me répond pas et elle se met à chanter un truc de Vanessa Paradis comme si les mots passaient sans qu'elle ait à bouger les lèvres, juste du vent avec des notes.

Alors moi évidemment voyant qu'on est seuls et que c'est peut-être ce soir ou jamais je lui dis que oui, oui après tout oui je veux bien la voir.

— Tu veux longtemps ou pas longtemps ? elle me demande.

Je comprends pas bien ce qu'elle veut dire. Je suis lent des fois.

— Longtemps ou pas longtemps ? elle répète.

— C'est quoi, la différence ?

— Pas longtemps je relève ma jupe, juste un coup d'œil j'ai rien dessous. Longtemps c'est sur le toboggan.

— Le toboggan non plus c'est pas long, je lui dis.

— Merde ! elle fait, qu'est-ce que tu peux être chiant toi alors ! C'est gratuit t'as rien demandé et en plus tu grognes. Pour une fois que j'en ai envie avec toi sinon après terminé ! Tu pourras toujours tirer la langue je te préviens ! Faudra pas venir pleurer que d'autres l'ont vue et pas toi !

Même quand elle se met en rogne sa voix arrive pas à te faire du mal. C'est plutôt comme une caresse de colère ou comme la langue d'un petit chien qui apprend que la vie est dure. Et de toute façon par ici tout le monde gueule toujours même pour te dire bonjour et comment

16

ça va toi. Y a rien qui va jamais, y a tout qui foire, c'est une vie en petits morceaux d'inutilité, t'as pas de projet même le matin pour le soir jamais de plan valable, quand tu te réveilles tu penses qu'à te rendormir, vivement la nuit qu'elle vienne sinon c'est la traîne et la glande et pas un rond et rien et rien.

Alors du coup l'idée de voir sa chatte, c'est comme le gros lot, ou comme un voyage en bateau. Quelque chose. Mon cœur a été informé il est devenu un soleil.

— Le toboggan, je dis.

Je sais que d'autres filles l'ont fait mais plus petites. D'ailleurs c'est un truc pour les enfants plutôt. Après, plus grandes, elles osent plus. Des fois qu'un frère musulman passerait par là avec ses ongles noirs.

J'ai dix-neuf ans. Elle en a seize et un peu plus je crois. Combien exactement je sais pas.

C'est déjà le soir et il y a plus personne. Bakary Ali Petit Maurice et Grand Jo sont en expédition bizness vers La Courneuve. J'ai entendu parler d'un stock de couvertures chauffantes à récupérer, moi j'y vais pas dans des coups comme ça, ils m'en veulent un peu des fois j'y vais pas quand même.

Pas du tout, pas du tout de vent. Les lumières aux fenêtres sont allumées mais dehors ça va, on voit encore clair. C'est début juin. Au moins deux mois qu'il a pas plu. Tu crois respirer de l'air, c'est de la poussière qui te rentre même la nuit.

Elle monte en haut du toboggan par l'échelle en bois et moi je reste les pieds dans le bac à sable, plutôt je me déplace un peu pour me mettre en face de la glissade.

Elle s'assied là-haut tout en haut sans rien dire. Elle me sourit. Tout ça juste pour moi. Elle soulève sa robe qui est plutôt dans le bleu pâle (j'ai oublié de dire qu'elle est toujours en robe et ça aussi ça la distingue), mais pour le moment elle a encore les jambes serrées et bien droites et les pieds redressés. Puis elle s'élance en fermant les yeux et à ce moment-là, c'est son truc à elle, elle écarte les jambes en grand V et moi je suis là sans respirer, c'est vrai qu'en dessous elle a rien, je vois que sa chatte qui me regarde brusquement et qui dévale dans le virage, blonde et frisée c'est la vérité je le jure, c'est comme le bout des avions en papier plié qu'ils font les mômes à l'école, à part que c'est moins délimité ça commence nulle part ça finit nulle part, mais c'est doré c'est le triangle en brouillard d'or qui fonce vers moi dans la courbe, je vois que ça, l'étoile en dessous, ça dure quoi ? le temps de dire putain de dieu de dieu de dieu de dieu putain que tout s'écrase dans le sable. Après c'est sûr qu'il faudra tout épousseter. De quoi souhaiter que je me transforme en petite brosse à poils souples. Tu m'en-

tends là-bas ? À moi l'enchanteur, faites monsieur que je sois une brosse.

Mais c'est pas fini, vu qu'elle se relève en ta-
potant comme ça son tissu bleu pâle, les yeux
baissés, bien attentive et bien soigneuse elle
s'approche de moi dans le sable avec ses jambes
à danser sur les nuages, et là quand elle est tout
près elle s'arrête, elle me regarde en levant la
tête et elle me dit :

— Tu as bien vu ?

— Non, je dis.

— Pourquoi ?

— C'était trop rapide.

— C'est le toboggan qui est comme ça, elle
me dit avec ses yeux de transparence. C'est pas
ma faute, je suis pas allée vite exprès. Je peux
pas aller plus lentement, tu sais bien ce que
c'est quand même, ou alors faut qu'on me re-
tienne avec une corde. Et puis tu sais, elle me
fait en venant encore un peu plus close, c'est
mieux quand c'est rapide ça.

Je lui demande pourquoi, elle me dit :

— C'est pas des choses qu'on regarde longtemps.

Je suis là je sais pas que lui répondre. Il y a
des moments comme ça qu'elle me sèche. Ma
langue est pleine de terre de Sahel — que je
connais pas, le Sahel, mais j'en entends parler
ici.

Alors bon je lui réponds pas. Elle me donne

encore un moment sa petite gueule blanche d'innocence, qu'elle vous arracherait n'importe quoi ça je le jure, sa petite tête fine et pure que t'oserais pas toucher même d'un cheveu, un visage de ciel tu vois, de lys, de jeune sainte comme moi j'imagine.

À ce moment alors elle me dit :

— Tu regardes ma gueule ?

Je dis que oui.

— Elle te plaît ?

Je lui dis que oui aussi.

— Elle plaît à tout le monde elle me dit, mais tu l'as bien regardée ? Tu es sûr que tu l'as bien regardée ?

— Je crois, je lui dis. Mais c'est vrai qu'il commence à faire un peu sombre.

— Tu as vu ma bouche ? elle me fait (c'était hier je parle).

Je lui dis que oui, elle répète :

— Non mais regarde un peu ma bouche. Tu as vu ma bouche ? Tu l'as bien vue ? Tu as remarqué comme elle est minuscule ?

Je lui dis que oui, j'ai remarqué.

— Incroyable, hein ? elle me dit sans rigoler, ses grands yeux ouverts sur moi, bleus à voir au travers.

— Quoi incroyable, quoi ?

— Qu'une si petite bouche, elle me dit, puisse s'enfiler une grosse bite.

20

Lila dit ça

Elle me le dit comme ça justement, j'invente pas un mot.

Moi je la regarde et je lui dis rien. Je crois qu'à ce moment-là je respire plus. Mais je lui dis rien. Savoir si je pourrais parler.

— Je pouvais pas le croire, elle m'explique sans bouger de là, il a fallu que l'autre jour je me regarde dans une glace en train d'en sucer une belle. Ma bouche alors, tu pouvais pas la reconnaître. Ouverte comme un sac. Comme un serpent qui avale un agneau. Et la bite en plein dedans, par moments jusqu'au ras des couilles, à se demander où je trouvais la place, même que ça faisait une bosse sur le côté, là dans la joue. Élastique la chair des lèvres, si tu le vois pas tu peux pas le croire. Plus que le cul même. Ça se distend, si tu comprends, ça se déforme, ça devient si large que ça fait peur. J'aime bien me regarder sucer. J'aime faire ça et en même temps je suis au spectacle et gratuit en plus. Je te dis pas les sensations, surtout quand ça gicle bien tiède et qu'il m'en coule sur les joues et j'en rattrape un peu sur le bout de la langue. Mais surtout quand je m'offre ça ce qui me fait le plus plaisir tu vois, c'est de penser qu'un petit ange est en train de s'en vider une.

Je la connais à peine, je la connais bonjour bonsoir et quelques allusions en plus. Là dans le sable elle me parle pour la première fois, tout ça avec sa voix de mélodie que vous la suivriez à travers les ronces, sa voix qui est jamais coupable, qui fait mal mais c'est pas exprès, une voix pour faire croire à des miracles et pour annoncer des départs d'avions qui reviendraient jamais, dans des aéroports en cuir.

Je suis là je tremble.

Même sans doute qu'elle s'en aperçoit.

— Comment tu t'appelles ? elle me demande.

— Chimo.

— Moi c'est Lila, comme la fleur mais sans le *s* à la fin. Ça vient d'où Chimo ?

— Je sais pas.

Elle remonte maintenant du bac à sable, elle secoue ses souliers blancs genre danseuse et elle reste là en balance sur la planche du bord, penche en avant penche en arrière, un moment même elle va perdre l'équilibre, elle se rattrape à mon bras et elle sourit.

Je suis plus là moi, je sais pas où je suis mais je suis plus là. La preuve maintenant elle me regarde plus. Elle regarde comme ça avec distraction le bâtiment F, puis le C, puis la tour. Le jour se fait encore plus obscur, trois ou quatre cents fenêtres éclairées là autour de nous mais sa tignasse brille plus fort que tout. Elle me tourne le dos, elle me montre une fois son profil sans bouger la tête vers moi du tout, je me sens con comme un lacet, je voudrais que

la nuit sorte ses dents pour m'avaler et son profil est tout découpé dans de la lumière. J'ai pas
les mots pour ça moi. Pour quelqu'un comme
elle tu peux pas dire une meuf, ni une gon-
zesse, ou une mousmé, ni une fendue, ni une
nana. Ça lui va pas, c'est pas pour elle, tu peux
même pas dire une fille. Elle est unique, faudrait un mot rien que pour elle.

Doucement la voilà qui s'en va maintenant
en équilibre sur le bord de la planche, les bras
tendus de chaque côté, les mains qui laissent
plonger les doigts vers la terre. Ça fait un moment qu'elle m'a plus regardé. D'elle ou de
moi je sais pas qui existe.

Elle s'en va et moi je reste là.

Elle me dit rien de plus cette fois.

Le soir souvent je fais semblant de m'endormir puis je me relève et j'écris. Je vais dans la cuisine sur la petite table rabattante où je suis tranquille et j'ai de l'eau pour boire. Des fois aussi dans la journée quand je peux pas me retenir je prends mes cahiers, je dis aux autres que je me pointe à l'agence ou au dispensaire, une fois j'ai dit que je me tirais, que j'en avais marre maintenant qu'on me cherche plus, et je vais alors dans un coin que je connais seul, un chantier qu'ils ont stoppé à cause de la corruption, tu trouves encore debout la moitié d'un pavillon du temps d'avant quand il y avait encore des maisons avec des cheminées et des toits, juste la façade et un bout d'une salle à manger qu'ils ont pas encore cassés en poussière, avec le papier peint même qui reste et décollé, des cerises ou alors des prunes et plein de bouts de cuivre et de verre dans les gravats, une porte aussi toute brisée, qui sait les gueuletons qu'ils se sont payés là-dedans et les fêtes, des herbes aussi tellement hautes que ça te surprend, les herbes tu te demandes où elles arrivent à pousser, c'est tout comme nous, herbes des décombres mes camarades, et là je me suis bâti un truc pour écrire avec des piles de morceaux de plâtre plus des vieilles pierres et une autre pile pour m'asseoir dessus. C'est mon bureau je me dis, c'est là que je m'amène avec mes cahiers et mes pointes, sauf les jours de pluie. Et la nuit non plus, j'ai pas de lumière.

Les cahiers c'est des Clairefontaine, je les ai piqués au marché.

Écrire je sais pas bien mais j'ai le goût l'envie.

Au collège les autres ils savaient que toujours gueuler, bâiller, se faire craquer les doigts, péter comme pour un concours, écrire des saloperies partout même avec les mains trempées dans la merde, Mouloud une fois aussi il a sorti un flingue en classe, celui de son frère, ou bien lancer des vannes aux profs que des fois ils sortaient en pleurant, je revois ma prof de français avec des yeux rouges qui attendait l'autobus sous la pluie, à ceux qui venaient en voiture on leur crevait les pneus on leur cassait les vitres, aussi dans les couloirs du bahut chaque fois ils piquaient l'extincteur, un truc pourtant qui se revend très mal, peut-être que c'était bien con je me dis de pas profiter de l'école, de penser qu'au boucan à la came aux projets de casse ici et ici, à un petit peu de thunes à prendre, tout provisoire, conséquence à la sortie tu as l'air d'un vieux déjà et tu sais rien, mais rien de rien alors, en plus souvent les flics ils te connaissent, tu te retrouves lâché malpropre dans la nature bétonnée, dodo pas de boulot dodo, tu penses plus à gueuler maintenant et pourquoi on te donnerait du boulot vu que tu sais rien. Allez va en taule va.

À propos de ça mon père aussi disait que les murs c'est les cahiers des fous.

Je faisais bien comme les autres moi aussi remarque, avec l'air du mec affranchi qui connaît les secrets de toute l'existence et que ça fait chier cruel d'être là sur le banc collé à écouter des histoires à la con, comme quoi la Révolution française a transformé le monde, que tu te demandes alors dans quelle misère de misère on vivait avant, et que la lumière est composée comme ça d'ondes et de particules en même temps, ça je m'en souviens qu'on a jamais pu me l'expliquer, c'est pas ça en tout cas qui fait mûrir les figues, des choses quoi qui te servent à rien sauf à parler et que d'ailleurs tu peux pas les comprendre vu que tu es pas armé pour ça et que déjà on l'avait caché à ton père.

Mais quand même les classes de français les rédactions ça me branchait superbe, jamais j'en ratais une, je faisais toujours plus long que les autres même, ma pointe courait comme une

traînée de mouches sur le papier, j'avais jamais
fini à l'heure, et même si la prof aux yeux rou-
gis m'engueulait comme Hitler à cause de mon
orthographe, pas si mauvaise que les autres
d'ailleurs, et de mon mépris des négations
comme elle disait avec des soupirs de gros ballon qu'on jette sur un clou, quand même elle
me mettait souvent des bonnes notes et deux
trois fois j'ai été premier. Un jour elle m'a
attendu pour me parler après la classe, elle
commençait à me dire ça et ça, que je la surpre-
nais toujours par ma façon d'écrire et que peut-
être un jour je devrais faire des, mais faire quoi
j'en saurais jamais rien parce que les copains
revenaient en vacarme à ce moment-là criant
chouchou fayot lèche-pelouse et y-pionce-avec,
de ce fait elle m'a planté là et plus jamais elle
m'a reparlé intime intime.

Je crois que c'est dommage vraiment, parce
que ce goût il m'est resté en devenant plus
vieux, dans la clandestinité maintenant tout
seul, je me rends compte que la plume elle
court moins vite, que je suis déficient, certain,
côté vocabulaire et grammaire. Même pour les
idées c'est dur, en classe au moins la prof elle
te donnait le sujet là il faut que tu trouves tout.
C'est dur comme le bagne de mettre des mots
les uns après les autres, dans ma cuisine ou dans
mes ruines, que pour finir ça fasse un truc. Je
me dis je vais raconter ça, je me lance comme

après un voleur mais ça m'échappe, alors je repars sur une autre chose, elle me glisse aussi de la tête et c'est comme ça. Je me sens trop seul pour écrire surtout quand ça se refuse au papier, c'est là quelque part pourtant, ça passe partout dans ma peau peut-être ailleurs aussi, je sais pas où vraiment c'est impossible à localiser, comme une irritation une démangeaison que tu voudrais gratter pour la calmer, mais non elle a déjà bougé, cours après cours, une fois j'ai vu un clown à la télé il essayait d'attraper un savon, le savon sautait de ses mains comme une grenouille et ainsi de suite moi c'est pareil, j'ai des portes ouvertes tout le temps et le cœur dans un courant d'air, des sensations qui me frissonnent comme le soleil en hiver, je sais pas complètement ce que c'est, ça me paraît beau comme le ciel mais quand je les écris mes sensations c'est tout de suite de l'eau tiède.

Pour ça aussi Lila c'est tout bénédiction, là je parle comme sa tante, c'est le grand cadeau du ciel généreux, j'ai bien vu pour la scène du toboggan comme ça me sortait facile, je suis là j'écoute et j'écris, même de plus en plus facile à mesure que je déroule, l'écriture aussi moins secouée, plus la peine de me tordre les cheveux à chercher ce que je vais dire, je suis une machine à enregistrer maintenant, j'enregistre Lila qui cause.

Un jour j'étais là dans mon repaire, avant Lila

je parle, arrive une mistonne de sept huit ans, autour de ça, avec des tresses et des verres épais sur le nez une cage vide à la main, elle entre et elle me voit là, elle me dit d'une jetée qu'elle est triste, qu'elle a perdu son hamster Léon et qu'elle le cherche partout, que les chiens vont le lui croquer ou alors les rats qui sont si méchants par ici, et si je l'ai pas vu rôder dans les gravats. Je lui dis que non, mais si je le vois bien sûr je l'attrape. Elle va pour s'en aller la gamine puis elle me regarde de sous ses gros verres et elle me demande curieuse ce que je fais là sur mon tas de plâtre. Je lui dis que je fais rien, que j'écris. Alors elle se fait une pincée de lèvres et elle me dit dédaigneuse (c'est une Gauloise) : comment tu peux écrire là-dedans c'est tellement sale, et elle se tire avec une grimace, oublié Léon, même pas intéressée de ce que j'écris.

Moi sale oui, mais je sais pas bien ce que c'est, vu que dans la cité partout ça sent la pisse au moins, les gens balancent les détritus dans les escaliers et par les fenêtres c'est dire l'affection qu'ils ont pour l'endroit, le mépris, tu marches jamais près des immeubles crainte de te bloquer un vieux frigo sur le coin du crâne, ou des eaux de graisse et de merde vu que les éviers sont bouchés souvent et les chiottes pareil, c'est totalement incroyable chez nous comme les objets se déglinguent en vitesse, les ascenseurs d'abord, toujours pétés, ce qui fait que les réparateurs fatiguent, au bout d'un moment ils reviennent plus et les vieux doivent se taper les étages avec les paquets, raison pour quoi aussi ils descendent pas les ordures.

Les objets qu'on jette aussi c'est pareil, personne les ramasse plus, sauf qu'une fois par trimestre à peu près tu vois se pointer une escouade de Pakistanais et d'Afghans avec des marteaux et des tournevis et même des fois un chalumeau, ils viennent récupérer tout ce qu'ils peuvent, des boulons des fils des planches, même les réservoirs de stylo en plastiques vides, ça leur sert à bricoler des radios et d'autres engins à ce qu'il paraît, pour eux tout est bon, c'est les razzieurs, on les regarde faire en rigolant, ils parlent très vite dans leur langue de là-bas, ils ont une camionnette qui tremble qu'on dirait qu'elle a peur de tout, ce qui reste après leur passage ça rouille et ça pourrit sur place, bouffé par les puces et les poux, toute la vermine pas humaine. Le père de Jo dit même qu'il a vu des mouettes qui venaient du Havre certains jours avec le bon vent, pour aider à faire le ménage.

J'arrête là pour aujourd'hui, j'ai pas vu le hamster Léon, je sais plus que dire.

Je sors de Mammouth avec deux sacs en plastique blanc, ma mère m'a envoyé aux courses, c'est mardi, j'entends la voix de Lila qui m'appelle : salut ! elle en sort elle aussi par une autre porte avec un sac, elle détache l'antivol de son vélo, un vélo d'homme je remarque, et elle me dit :

— Tu rentres ?

Je lui dis que oui je rentre.

— Tu rentres comment ?

— À cheval, je lui fais sérieux.

Elle le sait bien que je rentre à pied, vu que j'ai rien d'autre.

— Si tu pédales, elle me dit, en montrant le vélo, je me mets sur le cadre et on rentre à deux.

— Et les sacs alors ?

— On en met un sur le porte-bagages, et les autres accrochés au guidon. Quoi, on se démerde. Alors oui ?

Clair que j'ai intérêt déjà. La cité est à plus de mille cinq cents mètres, pas les occasions qui ont manqué de la mesurer la distance, de soleil et de pluie. Et puis faut pas que je me murmure des illusions, ça me brûle un peu beaucoup d'être avec elle.

On fait comme elle dit avec les sacs Mammouth, un de chaque côté du guidon pour faire la balance, l'autre à l'arrière bien sanglé. Je me plante le cul sur la selle et hop un saut léger la voilà assise en travers sur le cadre et elle dit pousse vas-y. Je m'élance, ça tremblote totalement au démarrage, Lila crie oh j'ai peur j'ai peur mais elle se marre tout comme, j'appuie tout ce que je peux vas-y Chimo qu'elle fait encore, ça zigzague dur dans le parking tellement qu'une bonne femme nous promet qu'on est dingues, secondement je trouve ma cadence et c'est parti sur la nationale puis par l'avenue Émile-Zola.

Elle se cramponne au guidon des deux mains, j'ai ses cheveux sous le nez directement, jamais je les ai vus d'aussi près, fins qu'on peut pas dire, comme des herbes d'or dans les contes magiques, je me chante des mots comme ça à voix basse, elle a un nuage d'or sur la tête, je respire et il se défait puis il se refait un peu autrement, je regarde la rue et les bagnoles par-dessus cette mousse fabuleuse, et plus bas par moments quand elle bouge un peu, ou quand ça tourne, alors je vois les creux de ses épaules et l'échancrure de sa robe, et là deux œufs posés pas très loin l'un de l'autre, ils tremblent un peu mais sans se casser, rien qu'on voit pour les tenir là, beaux comme la beauté, si doux que ça se remarque à l'œil, si j'étais un insecte entre ces deux-là je voudrais mourir.

Dire qu'elle sait ce qu'elle me montre, oui ça s'impose, évidemment qu'elle le sait. Je peux pas dire comment elle le sait, c'est un élément féminin, mais elle le sait, d'ailleurs les filles elles veulent souvent montrer surtout quand c'est moche, elles arrivent la jupe au ras du cul avec des bottines à lacets, et puis le viol dans les caves ça les surprend.

Quelquefois les pensées se parlent et c'est drôle. Des œufs je pense aux cuisses en dessous, des cuisses à sa chatte, à ce moment comme si j'étais un livre ouvert elle me demande :

— Tu te souviens que je te l'ai montrée ?

— Quoi ?

— Hé, tu sais bien quoi. Tu te souviens sur le toboggan ?

— Ouais.

Elle se met de profil et elle m'envoie comme ça ses paroles dans l'air de la rue.

— Tu y penses des fois ?

— Oui, j'y pense, je dis.

— Tu y penses souvent ?

— Ça dépend.

35

— Une fois par jour, ou davantage ?

— Une fois par jour à peu près.

Cette fois carrément elle se renverse la tête en arrière pour me regarder dans les yeux direct, son crâne me touche le bras droit, je la vois presque à l'envers, et elle me fait :

— Tu aimerais la revoir ? Dis-moi.

— Oh..., je fais.

— Oh quoi ?

— Si tu veux.

— C'est pas à moi de dire, elle me fait. Si je te propose, c'est que je suis disposée. Mais toi, tu voudrais la revoir ?

— Oui.

— Quand ?

— Je sais pas quand.

— Maintenant, là ?

Je sais pas bien ce qu'elle veut dire, si elle pense là sur la bécane ou quoi. Je dis rien.

C'est elle qui continue, avec sa voix qui se fait bouffer à moitié par la rue.

Elle me dit ça :

— En ce moment elle est posée en travers sur la grosse barre du cadre.

Je voudrais qu'elle s'arrête là, qu'elle aille pas plus loin, parce que moi qui suis timide plutôt ça me gêne même en pleine rue, je crains ce qu'elle va poursuivre alors je lui demande :

— Il est à qui le vélo ?

— À un copain, elle me répond. Il me le prête.

— Quel copain ? je lui dis.

Mais elle a pas entendu on dirait, elle continue en tournant tout le temps sa tête :

— En m'asseyant je me suis arrangée pour placer mon clito juste sur le cadre, à chaque petit cahot ça me fait du bien, imagine un peu, c'est comme la rue qui me touche. (Là deux trois mots que j'entends pas puis :) Un homme il peut pas comprendre ça, les mouvements de la nature, mais une femme c'est différent ça suit le ciel, les règles et tout, c'est une petite planète.

À chaque secousse elle fait hum hum en fermant les yeux.

J'essaye de rouler sur des endroits plats parce qu'elle m'énerve.

— En plus cette grosse chose raide en dessous de moi dis donc.

Je ferme exprès ma gueule. Après tout je la connais pas, c'est juste la deuxième fois qu'on se rencontre comme ça seuls.

Et puis encore :

— Je peux te la montrer, tu sais. Sans même que tu t'arrêtes. Tu me crois pas ?

Moi je réponds pas.

— Lance-toi un peu, elle me dit, puis arrête de pédaler, tu vas voir.

Je fais comme elle dit, je prends de la vitesse,

dans ce sens l'avenue Émile-Zola descend un peu, puis j'arrête mes jambes. Alors elle pose un pied sur un des miens, d'une main elle se tient au guidon, pareille une acrobate de cirque, la bécane penche mais je la tiens, roule toujours, elle se soulève avec appui sur mon pied, de son autre main elle retrousse sa robe et elle me dit :

— Regarde.

Je peux pas faire autrement que regarder, faudrait être un singe pour dire non, et je la vois, je la revois juste là au-dessous, que si c'était maintenant un paysage ce serait comme un petit bois d'été qui disparaît au bas d'une colline, ou une poignée de feuilles blondes qui s'enfonceraient vers le creux d'un ruisseau, je cherche comment dire ça, les seuls ruisseaux que j'ai vus c'est à la télé, ici ils les ont cachés sous la terre, c'est quelque chose qui se voit pas mais ça se devine, la touffe la broussaille quoi, tranquille, que jamais tu pourrais imaginer cette large fente rouge plus bas qui fait peur un peu, qu'elle m'a montrée sur le toboggan, que d'ailleurs j'avais vue chez d'autres rapidement trois ou quatre fois avant ça mais jamais dans la teinte claire. Vu de dessus c'est tout juste des poils innocents, tu as pas de raison de t'inquiéter, pas de précipice pas de menace encore.

Alors elle laisse retomber sa robe et elle me dit :

— Ça t'a plu comme ça aussi ?

— Ouais, je lui dis, pas mal.

— Tu aimais mieux sur le toboggan ?

— C'est pas pareil.

— Je peux te montrer autre chose, elle me dit.

— Quoi ?

— Laisse-moi pédaler, tu vas voir. Autrement.

Comme je comprends pas, elle me dit de bien tenir l'engin, puis elle pivote en souplesse sur le cadre, elle balance sa jambe droite du côté droit en se cramponnant toujours au guidon, je lâche les pédales elle les prend et elle se met à appuyer pour relancer la machine, juste là devant moi, elle fait tout le boulot en soufflant un peu, et je l'entends me dire entre deux souffles :

— Soulève un peu ma robe et regarde.

Toujours j'hésite un peu quand elle me propose un truc, et puis quand même je sais bien que j'y vais, alors d'une main je la soulève cette robe, de l'autre je tiens le bas de la selle, et je vois ce que j'ai jamais vu, un cul de jeune fille au travail, les cuisses qui pistonnent bien, la chatte au milieu tiraillée d'un côté de l'autre mais à peu près fermée quand même, et protégée, et juste au-dessus l'étoile du cul, chahutée elle aussi forcément, si fort même qu'elle me lâche un pet léger, ça la fait marrer Lila malgré son effort et elle me dit après ça :

— Penche-toi en arrière, tu verras mieux.

Elle a raison je le sais d'avance et en effet si je me recule le torse, en tendant les jambes bien droites pour l'équilibre, je vois à l'ombre de la robe l'ensemble de tout ce qui pédale, cuisses et tout, avec ces espèces de lèvres fermées qui pendent un peu, plus grosses qu'on pourrait penser vues de face, elles sont là au centre, elles encadrent l'entrée du mystère qui est couleur frambroise violente.

Savoir si les passants nous remarquent et forcément certains doivent mater féroce, alors Lila elle s'en fout et moi aussi, comme si l'avenue c'était le désert qui est juste avant le paradis, nous deux elle et moi tout seuls, elle qui montre et moi qui vois.

— Ça va ? elle me demande, tu as bien vu ?

Je dis rien, je suis tout à regarder encore. Je l'ai jamais vu et si ça se trouve je le reverrai jamais plus. Je me dis toujours ça quand il m'arrive quelque chose, qui est pas souvent. Alors je vois ça : la petite machine du monde.

— Je suis fatiguée, reprends les pédales.

On fait l'échange, elle rebalance sa jambe droite du côté gauche, adieu la vision, elle se réinstalle sur le cadre dans le sens d'avant en reprenant souffle, elle tousse un peu, elle fait oh et ah puis elle me dit :

40

— Tu as aimé ?

— Ouais, je dis.

— Un peu ? Beaucoup ?

— Beaucoup.

— Moins que sur le toboggan ou plus ?

— Plus, je dis.

— J'ai jamais fait ça à personne. Je l'ai juste inventé là. Mais ça m'a plu à moi aussi. Je le referai un jour.

Comme ça une idée la prend encore et elle me fait :

— Tu veux la toucher ?

Je fais semblant de réfléchir un peu en pédalant mou à la proposition nouvelle. On arrive dans la cité, pelouse en vue, enfin ce qui reste de la pelouse, comme un tissu vert tout déchiré. C'est la manière de toucher que j'ai du mal [1]

— T'as qu'à tourner un peu si t'es pas pressé, elle me dit avec un souffle sur son épaule, et tu me touches si tu veux. Je me soulève juste un peu c'est facile, ça je l'ai déjà fait souvent, à moto aussi.

Je tourne autour des bâtiments, en évitant le mien pour que ma mère et aussi les copains on leur échappe, je les vois de loin là-bas mais eux nous voient pas je crois, elle se soulève comme au début cette fois en posant un pied sur le mien, je lâche carrément la main gauche, notre

---

1. Phrase inachevée dans le manuscrit.

numéro vraiment se perfectionne j'espère qu'on voit bien la figure au moins, faudra montrer ça à Bouglione pour les galas de fin d'année, et je glisse ma main comme un fauve en chasse au milieu de l'herbe jaune et frisée, mais sans regarder cette fois, juste à toucher le haut des poils à droite et à gauche, seulement là Lila me dit sans se marrer, sérieusement même il me semble :

— Tu es juste à la fourrure là. Tu peux aller plus bas, tu sais.

Je vais plus bas, je descends, le terrain commence à se plisser, à se fendiller, je sens la languette du milieu, ça la fait frémir tout entière quand je la touche, là je sais pas si je dois aller à droite ou à gauche, j'hésite, plus bas elle me fait encore, là oui, mets ton doigt mets-le, je sens de la chair qui s'écarte et qui s'ouvre, je courbe un peu mon doigt et je le pousse, il entre comme s'il faisait lui-même son trou, il y a comme de la mousse humide partout, humide et tiède aussi, et Lila qui me fait, avec sa voix brisée comme si elle serait triste :

— Oui, oui, comme ça, colle bien ton doigt tout du long et entre le bout, juste le bout, oui, frotte un peu, là, tu me branles salaud salaud.

Je fais ce qu'elle me dit exactement, toutes les fenêtres de la cité ont des yeux pour nous je me dis, d'un autre côté jamais j'ai connu une sensation préférable, je me dis là dans ma salle

à manger crevée en écrivant ça que tu peux toujours te briser la tronche pour que les mots re-
trouvent le centième de ce que tu as senti un
moment comme ça, impuissantes la tronche et
la main, parce qu'il y a les rêves en plus, tout
ce qui te vient à penser, vite et vite, sa voix ses
cheveux sa manière de respirer-syncopes, tu
penses à des choses même que tu connais pas,
c'est le secret, des images te viennent dans la
tête tu sais pas d'où mais c'est un contente-
ment, c'est un bonheur que de passage, à saisir
comme une mouche en plein vol, aussi facile
que ça même plus difficile encore, ça dure rien
et après pour t'en souvenir c'est des heures et
c'est la souffrance, preuve que maintenant dans
mon bureau de démolition je fais brouillon
après brouillon, je rature et je recommence et
j'y arrive pas davantage.

Ce que je peux dire plus à l'aise, le côté bien
marrant aussi de tout ça, c'est que la bicyclette
perdait de la vitesse, vu que je ne pédalais plus
et que Lila, pas complètement déréglée sa tête
quand même, me dit fais gaffe on va tomber.
Elle enlève son pied, se rassoit sur le cadre, du
coup évidemment je retire ma main, je redonne
quatre ou cinq coups de pédale et je lui dis :

— On fait encore un tour ?
— Tu y prends goût, toi ?
— Et toi ? je lui dis.

— J'ai un peu mal au cul, elle me répond, mais ça va.

Je lâche ma main gauche pour essayer de la refourrer là où elle était bien, mais Lila maintenant se retourne vers moi, lève ses yeux que je sais pas dire autrement que c'est des yeux d'ange, des yeux de matin de ciel, et elle me demande comme ça :

— Tu bandes ?

Comme si elle me demanderait : il pleut, tu as soif, tu veux la moitié d'un chewing-gum ?

Naturelle, toujours, c'est ça, simple.

Moi je me hausse un peu des épaules, comme dit Petit Maurice avec les meufs et les keufs n'avouez jamais, je fais attention à pas lui répondre directement, comme si la question, sa tante aussi, elle m'embarrasse pas tellement qu'au fond je saurais pas que dire[1].

Elle me le redit sous une autre forme :

— Tu bandes pas ?

Et là non plus je crois il vaut mieux pas répondre.

Alors c'est elle qui détache sa main gauche, qui se la glisse derrière son dos, toujours ses yeux d'outre-ciel sur moi, et elle me touche tout de suite la bite à travers mon jeans, elle y va tout droit sans se tromper, ma bite raide comme le

_____

1. Passage obscur, très raturé, retranscrit ici mot à mot.

péché tu penses bien, raide et malheureuse dans sa prison de grosse toile, et elle me dit sentant la bosse :

— Ça m'aurait étonnée aussi.

Elle sourit comme elle est la seule à sourire.

Elle me prend le bout entre quatre doigts, comme on fait pour visser quelque chose, et elle commence à me caresser, on est parti pour un autre tour à vélo de la cité, on dirait qu'elle veut me l'affûter, me l'effiler, et puis subitement elle me dit :

— Elle doit souffrir là-dedans. Tu veux pas que je te la sorte ?

C'est vrai que des fois je pense à ma bite, je me dis qu'elle est condamnée à l'ombre loin du soleil, prisonnière à vie sans espoir, coupable de quoi elle se demande, et que peut-être au commencement du monde la situation était différente, que les bites et les chattes et les culs se baladaient à découvert, au soleil et à la pluie et au vent aussi, que peut-être ça c'est le sentiment perdu que les nudistes des pays du Nord ils recherchent l'été chez nous, dans des camps hélas comme tout le monde, avec des grillages, que bientôt on leur enverra les humanitaires.

— Tu veux ? elle me répète.

— Quoi ?

— Que je te la sorte.

— C'est pas possible ici, je lui dis.

— Tu paries ?

— Non.

— Hausse-toi un peu sur les pédales, tu vas voir.

Je résiste au nom de je sais pas quoi exactement, de tempérament je suis pas macho flambard, pas grande gueule, pas le genre à pisser dans la rue même si ça presse.

— Tu vas pas y arriver, je dis.

— Tu vas voir.

— Mon jeans est trop serré.

— Tu as peur ou quoi ?

Ça c'est l'argument toujours qui décide. En plus elle assure doucement qu'elle va se mettre bien contre moi, qu'elle me cachera avec sa robe relevée, personne verra rien pourtant c'est midi par là.

Je reprends mon élan dans une ligne droite, celle qui passe devant son bloc à elle, et je me hausse sur les pédales à son idée. Vite fait habile elle descend mon zip, sa petite main blanche se glisse comme cinq anguilles, je bande à claquer, pas facile vraiment d'écarter le slip, ça me fait un peu mal aux choses du bas mais finalement ça y est sa main m'attrape doucement la bite, jamais de ma vie ça encore, ma bite qui était toute pliée dedans se déroule spontanément, bonjour le grand air, certitude qu'elle demandait que ça, qu'on s'occupe d'elle, c'est comme un alien quand il jaillit du corps d'un homme, je la reconnais pas, c'est pas à moi ça, c'est de la viande en mouvement, une poussée une vie un éclatement, c'est quelque chose qui exige.

Lila me dit :

— Tu vois bien qu'elle avait envie.

Alors avec ses cinq fuseaux elle commence à me la caresser que je peux pas croire, elle va, elle vient, elle regarde en douce, et son sourire par-dessus l'épaule, elle fait un rond avec ses doigts comme un anneau de chair, et branle que branle, une fois même elle enlève sa main et se met les doigts dans la bouche pour ajouter de l'humidité. Elle me demande si c'est bon, je suis pas en état de la contredire, je réponds pas, comment je parlerais d'ailleurs.

Au passage, je vois le Malien du C, le grand avec les lunettes noires toujours, il nous croise en patins à roulettes, il promène son chat comme ça tous les jours une heure, il a son bras droit tendu devant lui soutenu par une courroie, le coude replié, le chat couché dessus les yeux fermés tranquille. Ils passent vite et sans rien remarquer, le Malien il voit le monde à travers seulement son chat, et quand il le promène il lui parle et il lui chante doucement en bambara.

En refermant sa main autour de moi, elle me dit aussi :

— J'aimerais te sucer mais à vélo c'est pas possible.

Comme si elle savait de quoi elle parle.

47

Puis elle ajoute en faisant sa voix toute basse :

— Tu peux décharger, c'est pas interdit. Je te mène au bout d'accord ?

Et puis, à retardement un peu :

— Surveille l'équilibre quand même.

Elle fait son accélération en douceur, juste avec trois doigts maintenant. Un peu plus bas que l'estomac il me vient un creux et ça part pas longtemps après, cent mètres passé la Campana ça m'éclate comme un œuf de pigeon sur un pare-brise, je me vide de plaisir dans sa main qu'elle a refermée sur mon bout, elle m'aide encore, tout mon corps s'en va, je ne suis plus nulle part, plaisir et bonheur c'est pareil, sa voix très loin me parle encore de l'équilibre du vélo, paraît que dans ces moments-là le cœur saute un ou deux battements, comme quand on éternue, moi j'ai dû en sauter davantage, même mes yeux se sont fermés, je sens qu'avec sa main Lila me tiraille encore un petit peu pour bien me vider, puis elle secoue sa main pour en faire tomber la matière, elle me regarde avec gaieté et elle suce ce qui lui reste de ma crème collée aux doigts, en me regardant à travers ses cheveux, je sais pas si elle se moque, elle suce un doigt après l'autre gourmande puis elle me demande si j'ai aimé et je dis oui.

— Je vais te la remettre dedans, elle dit.

Et elle le fait avec même au moment de refermer le zip une petite tape du bout des doigts

sur ma bite encore bien dure et qui a du mal à
se courber, puis Lila dit :

— Tu as vu que tu es devant ton bloc ? Tu
devrais descendre.

J'avais même oublié qu'on était sur terre et
j'ai le souffle dérangé. Doucement j'arrête la
bécane, elle descend légère, moi aussi je me
pose je prends mes sacs et je lui tends l'engin.
L'idée m'agace que je devrais lui dire quelque
chose mais je sais pas quoi, c'est après que les
mots me viennent quand je suis seul, sur le moment je reste souvent parole cousue, la situation
complètement nouvelle en plus, l'impression
même d'être con comme un mort. Naturelle
Lila toujours, même souriante et gracieuse, elle
prend la bécane d'homme, pose son pied gauche sur la pédale gauche et pousse du pied
droit sur le sol, l'engin roule, alors d'un coup
elle lance sa jambe droite bien haut pour en-
fourcher la selle et là j'ai le dernier éclair évidemment, calculé ou pas calculé va savoir, sa
chatte nue, sa belle fente rose et blonde, le
temps de respirer une fois tout juste, je suis
ébloui, un dernier secret, puis elle la pose carrément sur l'avancée de la selle, la robe retombe
et tout de suite elle commence à pédaler. Mais
ses jambes sont trop courtes pour le vélo, ou la
selle est vissée trop haut, alors elle se remet en

danseuse, chaussures blanches toujours, elle me lance un tchao par-dessus l'épaule et adieu.

Elle s'en va et moi je reste là avec mes sacs et quelque chose en moins qu'elle a pris dans sa main et jeté.

Un autre jour je la rencontre au dispensaire dans la salle d'attente, elle me dit salut Chimo ça va quand je m'assieds à côté d'elle, de temps en temps j'y vais pour vendre un peu de sang.

— Et toi tu vas ? je lui dis.

— Ça va.

— Tu es pas malade ?

— Je viens pour une ordonnance à ma tante.

Elle dit plus rien un petit moment, les yeux loin devant, moi je lui dis alors : je te dérange ?

— Pourquoi ? elle fait.

— Si je te parle.

— Non, elle dit, mais je pensais à quelque chose.

— À quoi ?

— À un cadeau.

Je lui demande quel cadeau, elle me dit : si j'étais amoureuse d'un homme, je voudrais qu'il me voie baiser avec un autre.

Et même pas à voix basse encore.

— C'est ça ton cadeau ? je dis.

— Ou même avec deux autres.

— Tu crois qu'il aimerait ?

— Je suis pas sûre mais moi oui.

Elle se tait un petit moment, je crois que ça va pas durer mais non. Elle repart.

— Ce serait un beau cadeau à lui faire je trouve que lui montrer comment je suis quand il me baise. Parce que quand tu baises, tu as jamais l'occasion de regarder vraiment, ça te passe à travers les yeux. Au contraire s'il me voyait une fois ou deux après quand il me baiserait il se rappellerait ce que j'ai fait, comment je suis, et ça l'exciterait au top.

— Avec qui tu baiserais ? moi je lui demande.

— Devant mon mec ?

— Oui.

— Avec des inconnus, elle me dit, ça c'est sûr. Ce serait trop con de prendre ses copains ou des mecs qu'il pourrait connaître, après ça ferait des sacs de nœuds, et même je pourrais les aimer plus que lui. Des mecs de passage je prendrais, c'est pas ça qui manque, ou alors des pros comme dans les X et peut-être je leur mettrais un masque ou un capuchon, comme ça on verrait pas leurs gueules en tout cas, ils seraient juste des machines de viande, dessus tu mets la tête que tu veux, de belles bites sans visage et sans nom, c'est comme ça que je me l'imagine

avec du velours sur les yeux aussi, que jamais tu
puisses les reconnaître le lendemain si tu les
rencontres dans la rue, mais chaque beau mec
qui passe ça peut être lui.

Pas de beau mec à l'horizon dans le dispensaire, juste deux vieux, un qui tremble et un
jeune du bloc F, mou comme un poisson qui
aurait pas d'arêtes, tellement tamponné qu'un
jour le toubib lui a fait une ordonnance et lui
a dit vous me prendrez ça, alors en sortant il a
bouffé l'ordonnance. Il est là il fixe le sol, il se
tourne un doigt dans le nez. À quoi ça pense
ça, tout fermé ? Son crâne est un désert, les
puits sont asséchés, adieu les caravanes.

Je suis même pas sûr que quelqu'un écoute
ce qu'on se dit.

Alors moi je demande à Lila :

— Pour toi c'est ça l'amour ?

— Un peu, oui, elle me répond. Et pour toi ?

— Moi, je lui dis, franchement je sais pas ce
que c'est.

— Tu as jamais été amoureux ?

Elle me fait mal de ses yeux bleus en me disant ça.

— Je crois pas, je lui dis quand même.

— Tu es pas sûr ?

— Non.

— Moi non plus, elle me renvoie. Mais si
j'étais amoureuse, je te dis, ce serait franchement comme un cadeau.

— Et s'il voulait pas ?

— Je suis sûre qu'il voudrait. Neuf fois sur dix il voudrait.

— Je te crois pas, je lui dis.

— Mais je suis sincère Chimo. Je suis toujours sincère, tu sais bien, je te dis que je ferais ça pour lui pas pour moi. Parce que moi, comme ça, certain et assuré que je prendrais pas mon pied, pas jusqu'au bout de toute manière.

Je lui dis quand même, c'est vrai, que j'ai du mal à comprendre pourquoi vraiment elle ferait ça.

Elle se touche la tête du doigt et elle me fait :

— Parce que les mecs sont pauvres de là.

Elle jette un œil à l'abruti du bloc F qui fait maintenant la tête du poisson mort à l'étalage, gueule ouverte, aucune cliente l'a choisi encore. L'air de me dire : tous les mecs ils sont comme cet âne que tu vois.

À côté le vieux tremble de plus en plus, il tremble tellement que tu t'attends que ses boutons lui tombent. Sa femme lui touche le bras de temps en temps en faisant tssst tssst avec sa langue. Quand elle le touche elle tremble aussi, ça se communique.

— Leur cervelle Chimo à tous c'est que de la purée de misère. Tu as pas encore compris ça ? Ils pensent à rien, ils rêvent plus de rien.

Ça c'est vrai que des fois je me le dis, le moment où tu arrêtes de rêver c'est que tu finis d'être un môme, tu vois que c'est pas la peine et que ta vie changera plus, tu seras là comme ça tout le temps, t'as plus que ta main pour essuyer tes yeux.

Et puis elle dit ça :

— Les mecs ils se prennent une fille, elle veut elle veut pas ils se la bourrent à la brutale, comme un chien quand il fait un trou pour chercher un os dans la terre, tu as beau l'appeler lui tirer la queue, il est là il creuse comme un malade, il perd le souffle il écoute rien, mais si tu savais Chimo toutes les douceurs qu'on peut se faire, les avancées de la main tu vois les câlins les préparations, les phrases un peu salopes et surtout l'idée que tu fais ça, que tu fais ça toi, que c'est dans ton cul à toi qu'une grosse bite s'enfonce, le fait de savoir que c'est toi ça ajoute au plaisir que tu peux pas croire.

— Pourquoi ? moi je lui demande.

— Je sais pas pourquoi, elle me répond. J'aime beaucoup me regarder dans une glace quand je suce et quand on me tire, je te l'ai déjà dit je crois, mais la fille que je vois dans la glace elle a aucune sensation, elle est juste dessinée dans le verre elle est froide, c'est comme si c'était pas moi, des fois d'ailleurs avec le drap ou autre chose je cache la tête du mec qui m'enfile, alors je vois juste ce que j'ai besoin de lui et ça me suffit. Les mecs sont tellement fermés que bien souvent tu sais ils ont perdu la clé. Tu as envie de leur dire d'ouvrir un peu, d'aérer à l'étage mais ils ont même pas d'étage. C'est pour ça que mon mec à moi que j'aimerais je voudrais l'aider, lui nourrir la tête, conséquence il aurait des images en réserve, un plein sac d'images, un film qu'il pourrait lancer quand il voudrait, ça le ferait bander rapide et jouir large chaque fois, c'est ce que j'appelle un cadeau.

Comme ça souvent elle se lance dans ses paroles sans s'arrêter jamais, tu as l'impression qu'elle pourrait t'en sortir pendant des heures, ce qui se passe dans sa tête ça fait peur presque et en même temps tu as pas envie qu'elle s'arrête parce que c'est vrai c'est comme si la vie changeait dans sa bouche et de ces choses-là moi je suis affamé comme un pou sur la tête d'un chauve.

— Et toi ? je lui dis.

— Quoi moi ?

— Si tu aimais un mec ça te plairait qu'il baise d'autres filles devant toi juste pour te faire un cadeau ?

— J'adorerais, elle me dit en fermant les yeux à moitié, surtout des filles masquées que je pourrais pas reconnaître, des vraies salopes des voraces qui lui boufferaient les couilles et le cul, qui lui mettraient une bite géante et se l'enfileraient jusqu'à la base. Je m'entasserais tout ça dans mon sac d'images, ça m'exciterait tu peux pas savoir, rien que d'en parler là je mouille.

À ce moment-là, la porte s'ouvre, le toubib sort avec une grosse bonne femme qui pleure et il appelle le suivant qui est l'abruti du bloc F. Celui-là il met un moment à réaliser que c'est son tour, il faut que la femme du tremblant le lui dise, je crois que c'est à vous monsieur, alors c'est comme s'il sautait d'un rêve sans parachute, il se lève d'un coup il fait deux pas rapides vers Lila, il a les yeux de fièvre et il lui dit comme s'il éternuait trois fois :

— Salope salope salope !

Après ça il rentre avec le toubib qui referme la porte sans commentaire, vu que c'est une histoire qui le concerne pas. Le vieux trembleur continue de trembler, juste sa bonne femme qui nous regarde un peu mais pas longtemps, elle nous zappe et c'est fini.

Lila me dit :

— Tu as vu le con ?

— Il écoutait tout, moi je lui dis.

— C'est bien fait pour sa gueule à ce petit branleur. Tu as vu ses yeux ? Un plombé de naissance comme beaucoup, et en chemin c'est loin de s'arranger. Sans le savoir tu fais des assassins. Ça rejoint ce que je te disais Chimo : les hommes, quand elle les aime, une fille doit les aider. Seuls ils sont qu'un morceau, ils sont bloqués sur place et dangereux, ils vivent dans un tunnel et il y a même pas un train qui passe.

— Et toi tu es sûre tu aimerais vraiment ? je lui demande. Que ton mec de ta vie se fasse des filles devant toi ?

— Je dis pas tout le temps. Mais une fois par ici ou par là, ah oui.

— Tu serais pas jalouse ?

— Ah non.

— Et s'il prenait son pied avec les autres mieux qu'avec toi ?

— Ça m'étonnerait, elle me dit.

— On sait jamais.

Elle reste un petit moment silencieuse devant ça, puis elle dit ça :

— Remarque bien que moi des images j'en ai déjà en magasin, j'en ai de belles même, mais tu en as jamais assez, jamais, en plus elles s'usent et elles s'effacent alors il faut qu'elles se renouvellent, des images d'enfer moi j'aimerais avec le bruit humide de la baise et les odeurs de sperme, tout ça rouge et noir et un peu de peau blanche aussi, ah il faudrait que l'homme de mon cœur soit manœuvré par des sorcières, des putes bien juteuses et très chaudes qui le tueraient, qui le mèneraient dingue. S'il me faisait ça, s'il m'offrait ce cadeau ah je serais folle de lui je te jure.

— Tu en connais des filles qui feraient ça pour toi ?

— Oui, ça peut se trouver, elle me dit, les salopes ça court partout, mais le mieux serait de les payer, des prêtes au pire, des vraies sauvages. Ça me fait rêver la tête, Chimo, si tu savais. Et au fond beaucoup de femmes sont comme moi, elles te le diront jamais comme moi je te le dis, elles osent pas mais ça les inquiète dedans, tu peux pas savoir.

— Si ça te plaît tant que ça, alors pourquoi tu le fais pas ? je lui demande.

Et elle toujours ses yeux clairs fixés sur moi, elle me dit :

— Et je le trouve où le mec que j'aime ?

Je vais écrire maintenant le choc que j'ai eu.

Même dans un endroit comme ici, à la cité du Vieux Chêne, tu crois tout connaître et d'un coup tu vois quelqu'un que jusque-là tu savais pas qu'il existait même, Lila tiens d'où elle sort, il y a ceux qui disent que toute môme elle était déjà là, née là même, mais que voilà petite fille elle se remarquait pas avec son cartable et son bonnet de laine tricoté, elle s'est ouverte comme une fleur de soleil un jour, le lendemain elle était là, maintenant c'est à casser les yeux tu ne vois plus qu'elle, et d'autres qui disent que pas du tout, elle vient d'arriver il y a pas trois mois, sa mère a claqué à l'hosto à Ville-juif et l'a refilée à sa sœur la tante qui déjà habitait ici ça c'est connu, et les gens discutent à en oublier de vivre, impossible de se mettre d'accord sur une chose simple comme une fille, alors sur les guerres et les partages et tous les traités du monde ça doit vous dépasser l'esprit, sur Lila on arrive pas à vraiment savoir, si si elle est arrivée à pied avec une valoche à roulettes, non non moi je l'ai connue à l'école, qu'à sept huit ans déjà dans son cahier elle dessinait des objets à te faire honte, si si à sept heures du soir au mois d'octobre elle est arrivée, tiens par là, avec sa valoche qui raclait, et comme ça des plombes. Preuve qu'en sortant jamais pour ainsi dire d'un paysage où tu connais tous les locaux par leurs surnoms, Mélie aux yeux d'ortie ou Mouloud la tangente, en réalité tu connais personne vraiment, ils t'échappent tous, en tout cas ceux qui t'intéressent, comme le gruyère a des trous ils ont des secrets toi aussi peut-être.

Lila voilà elle vient de me changer la vie, ma vie à moi. D'abord comment je ferais maintenant pour imaginer la cité sans elle ? Le centre-ville c'est rien qu'elle. Si même qu'elle est pas là, elle est là. Comment je ferais maintenant pour la supprimer de la vie, pour agir dans l'absence d'elle ? Il faudrait m'aspirer la cervelle à la paille avec tout le poison dedans. Pour une fois la lumière est venue au Vieux Chêne, un morceau de ciel s'est posé sur nous, pour une fois tu as quelque chose qui est autre chose.

Je dis qu'elle surpasse tout, même au-dessus de tout ce que tu vois à la télé, les vieilles tirées de *Dynasty,* les bonbons-boudins en planche à voile de *Malibu,* les grandes imbéciles de mannequines que d'accord elles sont belles mais elles marchent en se croisant les pieds comme des pieuvres, si tellement les mêmes que tu dirais de grands soldats de garde, bêcheuses de partout, matez-moi bien petits connards je passe, la chatte sèche en plus ça tu peux le parier, tout ce que tu vois de femmes dans le poste, même Vanessa, même Merlene Ottey la sprinteuse de trente-cinq ans qui s'enfile dans les startings avec le plus beau cul du monde, et pas fait seulement pour courir ça alors certitude, toutes toutes toutes elles s'écrasent comme des tartes à côté d'elle, autre chose, autre chose ah oui, tout près tout loin, l'œil dans l'œil salut tu vas bien moi ça va, tu tends la main et tu la touches, elle est réelle, le régal du coin, la beauté d'ici pas d'ailleurs, et cette façon qu'elle a de parler et aussi les choses qu'elle dit.

Déjà avant le jour du toboggan elle en faisait un peu beaucoup avec sa chatte, à ce qu'il paraît. Mouloud disait qu'il la rencontre un soir, elle lui dit salut ça va, en même temps en le regardant à travers la robe elle se la gratte. Une autre fois tu lui dis quelque chose elle te répond je m'en bats la fente, exprès vulgaire on pourrait croire, ou alors c'est pour parler comme les garçons. Au dispensaire elle me sort une partouze avec des hommes sans tête, que c'est pas les visages qui l'excitent mais les bites, c'est l'amour en société anonyme et elle te dit ça tranquille comme pour parler d'un oiseau qui passe, c'est un ange à langue de pute, tu croirais que les mots qui lui traversent les lèvres vont la blesser, que ses dents vont tomber sur la terre de honte mais pas du tout, ça passe léger comme un vent d'été, rien ne se casse et même ça caresse.

Avant de raconter le choc je parle de l'amour ici, pour bien montrer. À la cité tout le monde a baisé dès quinze ans mais pas tant que ça. Tu tires la première fois avec la fille la plus rodée, il y en a toujours une ou deux pas forcément de la première crème, elles se dépucellent tous les jeunes et après elles se marient, mais plus tard vers dix-sept dix-huit ans des fois les jeunes ils restent des semaines sans tirer et on voit que ça les énerve. Alors ils emmènent une fille dans une cave et ils se la tirent à plusieurs, la fille elle sait elle sait pas ce qui l'attend, une fois dans la cave avec un peu d'herbe elle va au bout, il arrive qu'elle crie qu'elle pleure mais des fois aussi elle recommence. Moi, sauf une fois y a longtemps, ça m'est difficile de participer parce que sincèrement j'ai pas envie, alors j'assiste en ayant l'air de me marrer mais c'est tous les six mois pas plus.

Il faut faire gaffe en plus avec le virus des temps modernes, parce que dans la cité le distributeur automatique de capotes il est toujours

vide, les mecs les piquent toutes le premier jour
et les revendent petit prix.

L'ordinaire c'est que les filles et aussi les femmes mariées elles font des passes surtout le
jeudi soir et le vendredi après-midi quand elles
sont fauchées en fin de mois, ça veut dire toujours, aussi les jeunes pour payer leurs études
ou le restaurant universitaire même mineures,
les maris et les parents ils laissent faire, c'est ça
ou la ruine de tout, souvent même ils s'en vont
trois quatre heures de l'appartement et quand
ils reviennent tout est en ordre.

Les clients c'est des fois des mecs de la cité,
mais surtout des qui viennent de Paris avec le
bus ou le RER, ils sont pas riches non plus c'est
pour ça qu'ils viennent tirer ici, ça coûte cinquante francs la passe, amateur d'accord mais
c'est une baise quand même, aussi de temps en
temps déboulent des mecs bien sapés dans des
bagnoles qui cherchent des petites vierges
d'Afrique et ici les vierges y a que ça, on en
fabrique chaque semaine avec des membranes
de mouton et un peu de vernis à ongles. De
quoi les mecs sapés se doutent un peu quand
même, vu qu'ils débarquent avec des latex dou-
ble protection.

À la cité ça fait beaucoup d'indépendantes
qui sont maquées avec personne et qui travail-
lent par occasion, mais il y a aussi plus organisé,
qui fait partie du bizness, tenu par les anciens

de trente quarante ans. Ça se passe alors surtout dans des caves, avec tapis coussins chaînes hifi et tout, ça dure pas longtemps évidemment, le voyage en Orient, la descente aux secrets du harem, mais c'est un moment qui te profite longtemps après si tu l'enjolives.

Le jeudi après-midi des fois quand il fait beau ici c'est la brocante de la baise, les mecs il font la queue devant les immeubles, des fois ils apportent leurs chaises ou alors ils jouent aux boules ou aux dominos, les filles sortent pour les allumer avec des robes supersexy qu'elles se bricolent, le spectacle vaut la peine ça s'appelle le défilé des culs, de temps en temps un mec abandonne les dominos et descend à la cave avec une, au retour des fois les autres applaudissent, les plus bandantes elles se font dix à douze mecs par semaine même des flics en civil ça s'est vu. Paraît aussi que ça existe pour les homos, que le petit Arabe ça marche encore mais pas ici, ici les pédés sont plutôt mal vus je sais pas pourquoi, c'est davantage dans la banlieue sud, à Bagneux à Créteil aussi.

Bref l'amour ici c'est comme le reste, on fait avec ce qu'on a, on se débrouille. Je dis ça pour bien faire comprendre la place de Lila tout à coup. Lila on l'a jamais vue se vendre à personne. Elle est à part de tout le monde. Le vendredi souvent elle reste chez elle à regarder avec sa tante la télé, on la voit pas avec les autres filles, et puis elle s'en va pour deux ou trois jours tu sais pas où.

Lila.

Le choc alors maintenant la question.

Sans même parler du toboggan et surtout de la bicyclette, c'est comme ça : je serais moi le seul à qui elle parle en dehors de sa tante. Je me disais qu'elle parlait avec les autres comme avec moi, mais pas du tout. Ruben l'Arménien, Mouloud, Grand Jo et les autres je leur ai posé la question hier : elle vous raconte des trucs, Lila ? Ils m'ont dit que non jamais de jamais. Eux ils lui causent des fois quand elle passe comme aux autres filles, elle leur répond pas ou à peine alors.

— C'est une bêcheuse, me fait Mouloud. Elle regarde à travers toi, elle te voit pas. Tu as pas d'existence pour elle.

— Elle te parle à toi ? Petit Maurice me demande.

— Ouais des fois elle me parle.

— Elle te raconte des trucs ?

— Ouais, je dis.

— Et quels trucs alors ?

— Oh rien, je dis prudent.

— Si elle dit rien, elle ferait aussi bien de fermer sa gueule.

— Oui, c'est sûr, je dis.

— C'est rien qu'une petite conne, conclut Gilbert.

Ils s'en vont, ils sont pas ravis.

Moi je reste là, c'est le choc. Elle parle qu'à moi. De tous les jeunes de la cité elle parle qu'à moi Chimo. Tous les autres c'est des zombies, des inexistants. Qu'à moi.

Je veux dire ça : c'est pas même le fait, après le moment d'extase sur le vélo, que je penserais à la baiser ou même à lui prendre la main un soir, ou même à l'embrasser derrière l'oreille ou je sais pas où, ou à lui caresser les épaules lui tenir la taille, toutes ces choses qu'on voit faire dans les films, que je peux pas m'empêcher qu'elles me traversent le cœur et le ventre toutes ces idées-là, surtout le soir quand je suis couché à écouter ronfler ma mère elles me viennent et me reviennent, les yeux fermés, je vois des gestes, alors je me relève silencieux comme une araignée, je me transporte à la cuisine pour écrire et ça me calme. C'est même pas que je pense à ça comme à un rêve un jour possible oh non, elle est toujours une terre sauvage, tu passes en bateau Chimo et tu la regardes de loin mais au moins elle te voit elle te parle. Maintenant pourquoi elle me dit ce qu'elle me dit et rien que ça, jamais un mot sur autre chose, et aussi pourquoi elle se montre à moi et pourquoi elle m'a fait gicler dans sa main, pourquoi moi et rien que moi et pourtant la planète est large, c'est le déchirement de ma vie, je me frappe la tête et il en sort pas la lumière.

Il faut aussi que je dise ça : quand j'ai commencé à écrire, ça fait des années déjà, je faisais comme une rédaction, je racontais un film que j'avais vu à la télé, c'est complètement bête ça, ou alors ma tristesse de tous les jours, ou un accident dans la rue, un baston, même une fois une histoire avec des vampires dans un château tout noir, d'autres histoires aussi justes commencées je savais jamais comment finir, en plus déjà la première page m'emmerdait, je me disais si toi ça t'emmerde alors les autres, finalement je brûlais les pages dans l'évier avec de l'eau dessus avant d'aller me recoucher dans mon désespoir. Ma mère travaille à la mairie où elle nettoie, c'est un emploi solidarité, elle se lève à cinq heures hiver-été, quelquefois j'étais pas encore endormi quand je l'entendais se lever en parlant tout bas à toute vitesse, jamais j'ai compris ce qu'elle disait, peut-être des prières, elle partait vite et moi je restais là avec ma nuit perdue.

Longtemps aussi je devais me lever à sept heures pour amener ma sœur la petite à l'école. Maintenant elle y va toute seule et je dors plus tard. De toute façon dormir ou pas dormir c'est pareil, le jour se lève le même, je me sens utile comme une chaise au plafond, les autres en bas tiennent les murs de peur qu'ils tombent, je me rappelle une fois à l'école la prof demande à

Petit Maurice ce qu'il voulait faire plus tard, il a répondu : quelque chose.

Mais depuis que Lila m'a parlé la première fois, c'était pour la séance de toboggan, il y a une digue qui s'est cassée là-dedans en moi, ça oui la nuit suivante déjà j'ai réalisé que je peux l'écrire facile, que c'est pas la peine de me figurer dans la tête des vampires ou je sais pas quoi, que Lila est là, elle me regarde et elle me raconte ses trucs dans sa manière à elle avec ses yeux à quoi on cache rien. Jamais moi je pensais à écrire des choses de baise avec des culs des bites et des mots de cette couleur, au début même c'était pas si simple, ça me peinait je suis pas du genre à l'exhibition, ça me faisait honte aussi vu que ma mère elle est sans pitié là-dessus, et maintenant ça vient comme de l'eau quand il pleut, Lila me pousse la main on dirait, sa voix me chante encore dans la tête des heures après, porno pas porno je sais plus, en tout cas la plume glisse sur le papier avec un moteur invisible, déjà j'arrive à la fin d'un cahier et je suis innocent, pas de reproche personnel intime, en plus j'ai terminé de m'emmerder quand j'écris, je peux faire deux pages à l'heure surtout quand les souvenirs sont frais comme des œufs, et quand je me recouche je dors[1].

---

1. Le premier cahier se termine ici. Il porte la date : 19 septembre 1995. Le début du deuxième cahier semble s'enchaîner directement.

Je vais le dire j'ai même pensé lui faire un poème par exemple mais je sais pas comment, j'ai peur que ce soit tout plein de soupirs et tout con. Je me rappelle une chose qu'on me disait quand j'étais petit, ça viendrait d'Afrique : dans la nuit noire une table noire une petite fourmi noire, Dieu la voit.

Et moi j'ajoute : Dieu voit la fourmi mais moi il me voit pas alors.

Même un poème cochon j'avais prévu, l'idée de lui plaire par ce qu'elle aime, mais juste que je pouvais pas l'écrire. Quand ça vient de moi je peux pas c'est drôle.

Forcément je me demande quand même pourquoi elle me raconte ça vu qu'elle sait pas que j'écris, alors pourquoi j'ai envie de dire pour m'allumer mais c'est pas simple car elle a vraiment de la gentillesse, en tout cas je trouve, c'est pas juste la garce avec un cœur à griffes, et quand même qu'elle ait flashé sur moi je peux pas croire, sans être vraiment du genre affreux aux genoux tordus et aux joues glauques je suis pas non plus Clint Eastwood ni même Stallone aux yeux qui s'écroulent, qu'on dit qu'il a, c'est son ancienne femme qui l'a raconté à la presse, une bite des plus raccourcies celui-là, non je suis plutôt du type normal-banlieue brun et frisé évidemment et les yeux noirs, il paraît que le type brun-bronzé il se répand de plus en plus sur la planète, ça va bien-

71

tôt manquer de blonds, autre raison pour Lila d'être rare, vous me direz qu'on peut toujours se teindre et même s'éclaircir la peau comme Michael Jackson à la pierre ponce et avec des choses de pharmacie qui vous perturbent en profondeur, mais ses enfants seront des blacks quand même s'il en a, un jour les punks de Bobigny ont fait une descente ici juste pour s'exhiber je parie, et moi je pensais : tu peux te planter une crête de coq et t'habiller comme un corbeau luisant, tu es toujours le même jeune homme.

À ça je me rends compte que je sais pas écrire, c'est que tout le temps je me perds, je commence une phrase puis je me laisse aller, je rature je pars en diagonale je reviens, finalement je suis paumé, faut que je me relise pour me rappeler d'où c'est parti. Je me dis que ceux qui écrivent ils ont des plans comme des architectes, après ils ont qu'à bien remplir les cases, ils savent où ils vont, c'est un métier qu'ils ont appris, moi je tire sur ma pauvre ficelle comme je peux, c'est pas les sentiments et les idées c'est surtout les mots qui me manquent. Je pique un peu très peu de pognon à ma mère, franc par franc, pour m'acheter un jour un dictionnaire, alors je l'apprendrai par cœur, mais jusque-là il y a tant de choses que je sens et j'en connais pas l'expression, ça me fout en rogne des fois, comment ils ont appris les autres ? Résultat ici les locaux, les filles et les mecs gaulois ou pas ils se contentent d'une misère de langue, avec des beurgh et des tchao, des OK putain bordel keums connasse et nique-ta-mère, ils ont tout dit dans leur cage à paroles. Moi naturellement je prends des sueurs pour pas écrire comme ils parlent, puis je recopie tout ici, le verlan aussi c'est la barbe et c'est limité, mais je suis pas sûr d'être dans le juste. Les mêmes mots sont pas donnés partout à tout le monde. C'est toujours la sensation de passer au large, qu'il y a toujours une île verte d'où tu t'approches pas, mieux gardée que la banque de France, une île grosse de fruits nombreux et magnifiques, des mots que les gens s'en servent en se régalant c'est comme puiser dans un trésor dans un paradis, mais pas toi, jamais toi, toi tu continues sur ta galère, allez courbé rame petit connard pourquoi tu relèves la tête, faut pas regarder pardessus bord ni écouter les belles chansons de là-bas, couché fouetté gare à ta gueule.

Exclus ils disent. Ils en font là-dessus de la salive, de la pâtisserie ! Putain, des colloques et tout. Mais exclus de quoi tu peux pas savoir. Tu peux même pas savoir de quoi tu es exclu. De Santa Barbara ? De ces endroits qu'on voit à la télé avec des piscines et des monokinis bleu pétrole ? Mais c'est des endroits sur d'autres planètes, pas possible que ce soit ici sur la terre, c'est du cinéma du pas-vrai. Même leur soleil il brille bidon. Ici nous n'avons jamais de beau temps. C'est des immeubles qui s'opposent au beau temps. Des fois il arrive qu'il fait très chaud, étouffant même mais jamais beau. Beau c'est autre chose qu'ici.

Pas loin il y a une autre cité qu'on pourrait confondre avec la nôtre ou avec une autre, ils l'ont baptisée les Ombrages mais Petit Maurice, qui y a de la famille, dit que c'est les bâtiments qui font de l'ombre aux arbres là-bas.

Les arbres ils sont tout comme nous, plantés là comme des objets sans savoir pourquoi, comme nous sans pouvoir bouger, tu me diras que tous les arbres c'est pareil mais eux c'est pire ils sont dans la mocheté, dans le soleil gris, il leur faut tout faire venir d'ailleurs et puis ils sont tous les mêmes, pas varié du tout comme compagnie, ni buissons ni fleurs because vanda-lisme, un arbre tous les quinze mètres en ligne droite, ma mère dit que le matin quand elle s'en va de bonne heure s'il fait du vent elle les entend pleurer.

Mais ma mère elle entend des larmes partout.

Ici c'est vrai qu'avec le bizness tu peux avoir tout ce que tu veux à des prix de casse, des télés des scooters des platines de disc-jockey, des ar-mes qui viennent d'Israël tu sais pas comment, des nikes et des reeboks à trois bandes sur le côté c'est les plus classe. Dans quelques caves ou même dans des chambres c'est des cavernes de trabendo, des souks modernes, les gens de Paris viennent acheter ici leurs chaînes hifi et aussi des fringues à griffes, de l'alcool de tous les pays, des bijoux des cigares des meubles des Macs avec les imprimantes au tiers du prix. Le bizness ça rapporte des sommes mais c'est réservé à quelques-uns, en général ça marche par familles les cousins d'abord, ou alors par l'amitié de ceux qui ont fait de la taule ensemble et il y a des risques aussi quand même. Tous ici nous avons pas une vocation de gangsters, même si quelque part on en rêve la nuit, ça paraît une vie facile comparée à l'autre qui est la pénurie point final.

Même à la marier Lila je me suis rêvé, je dis rêvé parce que c'est la pauvreté ma copine, même pas quatre francs pour acheter une fleur alors une alliance, une robe en plus un voyage, un appart et du miel pour la lune, tout ça c'est comme un feuilleton télé, Chimo à Malibu, un nuage qui passe sans crever sur le sol aride et peut-être même il a pas de pluie dans son ventre, en plus l'audace qu'il faudrait pour se marier avec un ange de ce type-là, avec tout ce qui lui sort de la bouche en serpents de mots, en plus il paraît qu'elle disparaît des fois deux trois jours de suite, même pas sa tante sait où elle est, le risque je le vois énorme, quitter la maison le matin de bonne heure pour aller bosser (au cas où) et laisser Lila toute seule, ça me mor-

drait le cœur tout le jour, j'en viens maintenant
des fois à me l'imaginer en pleine partouze,
percée de bites comme une pelote d'épingles,
et moi qui débarque inattendu l'après-midi
quelle douleur là-dedans quel carnage.

Des fois aussi ils te posent des questions sur
la came, alors vous vous droguez les jeunes ?
Mais avec quoi tu veux qu'on l'achète le produit, ça pousse pas comme ça dans le sable, oui
de temps en temps tu tires trois bouffées d'un
pétard mais l'étage au-dessus c'est pour les riches, il faut de la thune ou alors faut être accro-
ché et dealer moi c'est pas ma tasse.

Ici à part ceux pas nombreux du bizness on
a tellement rien que ma mère elle achète son
pain d'occasion. Ça c'est des choses que les
gens savent pas, qu'il faudrait leur dire. Lucette
la Martiniquaise qui habite au-dessous et qui a
une préretraite de la Poste, elle achète un pain
le lundi par exemple, elle vit deux jours dessus,
le mercredi ma mère rachète ce qui reste à moitié prix et ça nous fait deux jours encore.

On a rien. Les mobylettes on a celles qu'on
pique mais tu fais trois tours de bloc et tu as
plus d'essence. Et puis c'est curieux mais dès
que tu peux bouger tu restes là, ça je l'ai souvent remarqué. Pourquoi aller ailleurs tu te
dis ? Pour y faire quoi ? On a l'air moins minable en restant dans le coin où au moins tout le
monde est minable, qu'à aller surfrimer sur les

Champs. Cette frime-là ça trompe personne, quand tu as les poches vides ça se voit dans tes yeux.

Et puis maintenant qu'elle est là, qu'elle me dit tout ça, que même je suis le seul à qui elle parle, plus rien ne me détruit, le côté Santa Barbara je m'en contrefous franchement. Je sais pas si je peux espérer quelque chose en plus, ce serait dingue si ça venait un jour, je rêve des pieds, dingue dingue dingue dingue un mot qui secoue sa clochette à mon oreille, tout ce qu'elle me donne est bon, le monde il est obscur sauf elle.

Je suis assis chez nous à trier des lentilles, on les achète en gros chez un Tunisien, j'entends crier mon nom je passe ma tête à la fenêtre et je la vois qui me fait signe descends descends, un air d'urgence. Je dis à ma mère je reviens, je fonce en bas.

Dans l'escalier je rencontre le Kabyle du sixième avec son fils, ils sont en train de pousser un gros mouton dans les marches en lui frappant le cul, le mouton paraît pas d'accord il résiste, peut-être il se doute que c'est pour une fête mais pas la sienne, on va l'égorger dans la baignoire lui comme d'autres.

Je sors, elle est déjà plus loin Lila, assise en angle droit par terre sur un bout de gazon pelé elle regarde les pointes de ses pieds, je m'approche et je dis salut. Elle les fait bouger ses pieds en avant en arrière, ça tend et ça détend les muscles et ses jambes. Ça se raconte que plus petite elle aurait fait de la gymnastique dans une salle, ce qui expliquerait ses capacités à vélo, mais un jour salement elle serait tombée, alors d'un seul coup elle s'est barrée et adieu.

Ses muscles ils sont souples et jolis encore, de ces choses qu'on peut voir longtemps sous les yeux.

Elle répond pas d'abord à mon salut, elle serait boudeuse on dirait aujourd'hui, j'insiste un peu mais pas trop je pose mes fesses près d'elle dans l'herbe jaunasse.

— Qu'est-ce qu'il y a ? je lui dis.
— Y a rien, elle me répond.
— Tu voulais me dire quelque chose ?
— Moi ? Non.
— Pourquoi tu m'as fait descendre alors ?
— Je sais plus.

J'ai rien dit pour la mettre de mauvais poil. Juste j'attends voilà.

Elle bouge encore un peu les bouts de ses souliers blancs toujours bien propres et elle regarde ça fixement, que rien dans le monde tu peux trouver plus intéressant que ces pompes. Dans ces conditions vraiment moi je sais jamais comment agir. Déjà par nature je suis pas du genre à mettre mon cœur en vitrine, en plus cette fille elle me trimbale elle me secoue, je suis comme de la salade entre ses mains. Les lèvres collées qu'est-ce que je fous là ? Le petit chien tu l'appelles il descend, je m'engueule tant que je peux dans mon silence. Même pas une cigarette à lui tendre.

Je me mets du courage à la bouche et je lui demande maintenant :

— À quoi tu penses ?

Déjà pourtant je tremble un peu de sa réponse.

— Toujours pareil, elle me fait.

— À quoi alors ?

— Je pense à une bite dans ma chatte.

Chaque fois j'ai beau m'y attendre maintenant ça me commotionne quand même, ça me surprend à froid, tout à coup je me sens nu dans une forêt pleine de bêtes, il y a des mâchoires et du poison autour de moi j'angoisse, c'est le frisson, j'ai la langue qui se tortille pourtant je demande :

— Et tu avais envie de m'en parler ?

— Peut-être Chimo. J'étais seule.

Elle m'a appelé Chimo, la preuve au moins qu'elle sait bien que je suis là.

Elle dit encore un petit peu plus tard sans me regarder :

— Peut-être, je sais pas.

J'enregistre tout même les silences, dans ces cas-là je suis la machine parfaite, à d'autres moments je suis distrait les gens me causent et moi je suis loin en balade, les gens disent Chimo il s'en va de sa tête, mais pas avec elle jamais.

Je me tourne un peu vers elle doucement et

je vois que Lila sur l'herbe sèche est devenue maintenant on dirait une image, de celles qu'on voit dans les livres un peu de fantaisie, j'en avais un quand j'étais môme des histoires, la princesse demeurait pensive ça disait, ou bien la jeune fille méritante et pas favorisée, genre orpheline victime des cruels comme dans *les Misérables* à la télé ça m'avait plu, mais résignée et courageuse, je garde ma peine pour moi seule, juste un coup d'œil parti vers moi brièvement.

Ça me gêne même à l'écrire, tellement je me sens môme des fois.

— Je suis là, je lui dis.

— Je sais bien que tu es là. Chimo ?

— Ouais, quoi ?

— Tu as pensé à ce que je t'ai dit ?

— Oui j'y ai pensé.

J'ose pas dire que dans les derniers jours pas un moment j'ai pu penser à autre chose, chaque fois ma tête s'aggrave.

— Et alors ?

— Alors rien, je dis.

Elle hausse les épaules mais c'est pas pour le mépris, ni par la colère irritée, c'est que je la décourage je crois, elle me trouve loin derrière, puis elle entre dans un silence bien chargé enfin elle dit ça :

— Je trouve que faire ça suffit pas moi. Faire c'est bien mais c'est pas assez. Manque quelque chose, je sais pas quoi. Je voudrais beaucoup voir et en même temps essayer des trucs, mais c'est pas commode, non. Avant-hier en baisant j'ai essayé avec une glace mais la glace était trop petite, je me tordais les épaules et résultat je voyais rien et je perdais tout le goût de la baise. Le mec en plus il comprenait pas ce que je cherchais, le genre simple lui, une brute quoi, mais avec une queue de défilé très très belle, une queue chrétienne en plus sans rien de coupé, c'est comme ça que je les préfère avec la petite bride en dessous et un peu arquées. Je l'avais à peine vue au début avant qu'il m'enfile, c'était dommage. Il y a des choses que c'est injuste de les cacher.

— C'est vrai, je dis, sans savoir du tout pourquoi je le dis, je trouve même que j'ai l'air d'un con de dire ça.

Elle se penche en avant en souplesse jusqu'à faire toucher ses genoux et son front et elle dit ça :

— Qu'est-ce que j'aimerais avoir des photos ou alors une vidéo peut-être. Et pouvoir après regarder tout ça tranquille. Qu'est-ce que j'aimerais.

— Oui, je dis encore tout con, mais je me sens toujours tout con à côté d'elle.

Elle se redresse en s'étirant les muscles, elle a ce côté acrobate c'est vrai et elle me dit en me regardant direct :

— Chimo tu pourrais me rendre un service, toi ?

— Quoi ? je dis.

— Tu pourrais me filmer un jour pendant que je baise ?

Elle a toujours le truc pour me poser juste la question que j'ai pas prévue.

— J'ai jamais filmé, je lui dis de suite.

— C'est pas dur, tu sais.

— Mais je l'ai jamais fait.

— Avec les nouvelles caméras c'est automatique entièrement. Il faut juste que tu te places pour bien voir.

— Pour voir quoi ? je lui demande.

Maintenant là en l'écrivant je réalise qu'elle peut être vraiment cruelle comme fille. Sur le moment je l'ai pas senti comme ça, maintenant oui.

— Pour voir quoi ? elle répète comme si elle causait à un âne. Pour voir ma chatte quand on l'enfile évidemment, ou alors mon cul ou les deux ensemble, avec si possible ma tête en même temps ou au moins mes yeux que ça me prouve que c'est bien moi. Tu es un ami tu ferais ça pour moi ?

— Je sais pas, oui.

— Oui ou non ?

— Oui, je dis.

— Tu pourrais trouver une caméra ?

— Je peux demander.

— C'est des mecs qui m'ont planté ça dans la tête il y a pas longtemps et je peux plus me l'arracher de là. Ça me fait mouiller aussi quand j'y pense.

— Quels mecs ? je dis.

— Des mecs qui font de la prospecte en banlieue nord.

— De la prospecte pour quoi ? je demande.

— Pour les films de baise.

Je sens que je tourne en rond comme de l'eau sale dans un lavabo, avec le trou de l'oubli qui m'aspire, je peux m'agripper à rien je tombe je tombe.

Elle parle un peu plus vite maintenant, elle est partie elle devient vivante. Elle dit tout ça :

— Paraît que ça marche à fond en ce moment mais alors sans capote ils exigent, ça en fait reculer beaucoup. Mais eux ils disent que les gens à cause du sida ils baisent presque plus à l'extérieur, à l'intérieur pas davantage qu'avant plutôt moins même, total ils veulent voir baiser les autres. Ils veulent que les autres baisent dangereux pour eux, tu vois ? Et plus c'est salaud plus ils en demandent, violent et sanguinaire aussi, tout ce qu'ils veulent plus se permettre en personne. Et bien visible tout, pas du faire-semblant du jouir-chiqué, les marques du fouet et tout. D'où fortune pour les films de cul maintenant et amateurs surtout parce que ça cherche pas dans l'artistique, ça fait vérité ça impose. Avec la sensation du risque en plus, de la mort au bout de la bite, mais pour les autres. Tu es là tranquille à te branler, tu les vois baiser tu te dis : si ça se trouve il est séropo celui-là, la grosse blonde il se la contamine.

Elle continue, elle est lancée :

— Ils trouvent des mecs et des filles, des chômeurs ou un peu lâchés, ils les mettent dans une piaule quelque part avec des coussins et des tapis qu'ils apportent, tout le monde baise sur indication et eux ils tournent. Ça dure le temps de le faire et à la prochaine salut. Paraît que ceux qui tournent ils baisent jamais question prudence, pareil les gros dealers qui se shootent pas. Paraît qu'avant la maladie dans les tournages hard à la fin de la journée c'était l'usage pour la comédienne de faire une petite pipe au caméraman, maintenant fini. Ça fait gagner du temps aussi, bizness d'abord, deux films par jour ils font tu te rends compte ? Ils ont des pilules de Birmanie ou je sais pas d'où pour faire bander à la demande et un liquide gras spécial pour humecter quand nécessaire. Des fois même il paraît qu'à la caméra c'est des filles, c'est les plus radicales toujours, elle ordonne fais ça et ça, sois pas feignante, mets-toi plus écartée putain, fais-lui une langue dans le cul profonde, tirez-vous-la à deux maintenant les mecs, toi proteste pas, allez frappez-la frappez-la encore plus fort si elle crie c'est qu'elle aime ça, moi je veux l'entendre crier allez, c'est la femme à la caméra qui décide. Et toi le baiseur la baiseuse tu as pas le droit de discuter sinon c'est la porte sans un rond. Ça rapporte des tas, tu sais Chimo. Un marché mondial ils disent, surtout les blondes de partout comme moi, malgré la concurrence russe, les Polonaises aussi, là-bas c'est une grande masse de salopes. Les clients ils exigent pour les couleurs, ça je l'ai appris. Par exemple les Japonais ils veulent pas de Noires, moi j'aurais jamais cru, mais pas question alors et pas davangage de bites trop grosses pour éviter l'humiliation aux regardeurs. Des films d'amateur vite faits tu penses deux trois par jour, mais ils voyagent partout dans le monde tu pourrais pas croire, chez les Esquimaux c'est plein de vidéos et ils traversent le Sahara en caravane. Et les blondes, plus ça va, partout il paraît qu'on adore vu que la race blanche aurait tendance à s'effacer, nous devenons rares Chimo pas toi mais moi, en Afrique alors c'est la folie surtout si on voit que c'est du vrai blond, par exemple si la fille se lave la chatte avec du savon et ça reste blond. En plus avec les disques le laser le machin les cédéroms tous leurs trucs nouveaux maintenant, pour une fille qui est pas répugnante qui est pas feignasse qui est pas radine de son cul à vouloir le garder pour son prince, elle peut se faire deux trois mille cash par jour, plus qu'en dealant.

Qu'est-ce que je dis par jour ? En un après-midi ou une soirée. Deux ou trois mille rien que pour baiser tu te rends compte ?

Les mots s'arrêtent là sur le bord de sa bouche. Tu croirais qu'elle a rêvé toute seule et que c'est la fin.

Elle se tait aussi fort qu'elle a parlé.

Je lui demande maintenant :

— Tu l'as fait toi ?

Elle fait non en secouant la tête juste une fois.

— C'est sûr ? je dis.

— Tu es pas mon frère, elle me fait.

— Non, je dis.

Et elle alors :

— J'ai dit que j'étais vierge et que je voulais quatre mille. Ils ont dit qu'ils réfléchiraient.

— Et s'ils le voient que tu es pas vierge ?

— Ils le verront pas, elle dit.

Puis elle me regarde et elle me demande encore :

— Pourquoi ça me fait mouiller rien que l'idée ?

— De te voir toi ou que les autres ils te voient ?

— Les deux. Surtout de me voir moi.

Je lui dis que je sais pas pourquoi, ça dépasse ma tête et c'est vrai. Mais lui refuser le service, lui refuser de la filmer même si ça craint franchement je suis pas capable. J'aurais trop peur après qu'elle me tourne le dos par rage et me parle plus et je la perdrais pour toujours.

Elle pourrait me demander beaucoup ça elle le sait, beaucoup beaucoup, même de faire une ou deux conneries. Sa voix ses yeux c'est oui et oui. Je vois pas d'autre mot pour elle. Aujourd'hui elle s'est amenée avec un bandeau bleu pour tenir les cheveux un peu genre karatéka, ça lui remonte son front pâle, on voit sur le côté une veine étroite et toute sinueuse il y a son sang qui coule là-dedans, c'est un fleuve vu de très loin dans un livre de géo un atlas, une veine bleue vers le paradis.

Elle dit encore ça :

— C'est l'idée que ça suffit pas de se faire mettre, ça suffit pas de sentir la bite, c'est pas assez faut aussi voir. Je sais pas si tu peux comprendre. Il faut voir que toi toi tu te fais mettre, que c'est bien toi avec un outil dans le corps. Ça aide à jouir au-dessus, ça va plus profond c'est meilleur, c'est comme si tu te faisais deux mecs, un là et l'autre dans la glace, et tu as presque honte.

Je trouve drôle que ça lui fasse plaisir à elle d'avoir honte mais je dis rien.

Chaque fois avec elle je me rends compte de la quantité immense de choses que je sais pas, plus jeune que moi pourtant.

Elle revient à moi maintenant, elle me demande :

— Tu le feras alors ?

— Faut que me trouve une caméra d'abord.

— Tu la trouves vite ?

— Et où ça se passera ? je demande.

— Je te le dirai. J'en sais rien moi non plus.
Ça dépend.

Il faut que maintenant j'explique des détails
sur la vie qui se passe ici.

La caméra évidemment je peux l'avoir que si
je la pique, ou bien un autre la pique et me la
prête, mais pour ça il voudra du fric et j'en ai
pas. Un objet pareil ça se garde pas ça vaut du
blé, en général ça file tout de suite à ceux du
bizness, ça fait les petits marchés en planqué,
ce qu'on appelle les dessous de bâche ou bien
les tombées de camion, les brocantes du diman-
che avec musique d'animation et majorettes,
tout simplement aussi les coins de rue, c'est le
même circuit plus ou moins que les radios des
bagnoles ou les chaînes d'occase. Évidemment
ça se négocie à des prix divisés par dix ce qui
laisse encore de la marge, mais chacun prend
sa gratte au passage et de toute façon ceux du
bizness mettent le grappin en vitesse, je veux
dire que ça reste pas à disposition des semaines,
c'est du produit facile, on a pas ça en stock.

Tu peux toujours demander discréto si tu
connaîtrais pas quelqu'un qui tiendrait l'objet
ici ou ailleurs, mais c'est super-rare de le trouver le jour du besoin. Surtout si comme notre

bande ici tu navigues dans les eaux basses. Il faut le chercher l'objet, tu peux d'ailleurs passer commande et faire une offre.

Petit Maurice connaît un antiquaire près de Beauvais, il a comme un catalogue avec des photos de meubles et aussi des vases et des trucs, des photos couleur, il montre ça à ses clients qui font leur choix, moi je veux ça moi je prendrai le tableau là, seulement les objets en réalité il les tient pas en magasin, ils sont toujours bien tranquillement au chaud chez les proprios, le mec a fait si tu veux une sorte de repérage et quand un meuble plaît, quand il est acheté ferme avec même des arrhes déjà, alors il envoie un groupe pour le piquer. C'est de l'organisation majeure, il dit que c'est pas la peine de piquer un truc si on est pas sûr de le vendre, même qu'une fois, à ce que dit Maurice mais souvent il galège, le mec il a proposé une vieille commode sur catalogue justement au propriétaire qui l'a reconnue aussi sec. Ça aurait fait un foin confus, comment mais c'est ma commode là, avec police et tout, mais finalement ça s'est arrangé, l'antiquaire a changé la photo quelque chose comme ça, le mec a retiré sa plainte en s'excusant du bruit, mais ce n'est rien monsieur, vous pensez tout le monde peut se tromper, tu entends ça d'ici, même ils ont bu ensemble le champagne, ils se sont quittés bons amis, et le week-end suivant on la lui piquait sa commode, qui serait maintenant au Canada dans une ferme, et quatre cinq bricoles en plus.

Nous, faut le dire, on est très loin de cette classe, on est des petits minuscules.

Pour se faire un peu de pognon régulier je donne des exemples d'abord :

Vendre un peu de sang au dispensaire, une fois par mois pas plus, je l'ai déjà dit, mais le sang c'est pour presque rien.

Aider à nettoyer les tombes au cimetière un peu avant le jour des morts, ça c'est une idée qui vient de Marseille ça vaut seulement pour la saison.

Convaincre les filles que la mode est aux cheveux courts, alors elles se les coupent et tu les vends pour des perruques.

Des fois à l'automne ramasser les feuilles mortes pour la mairie, ou nettoyer les merdes des pigeons dans les squares.

Porter les paquets des vieux dans les escaliers quand l'ascenseur est hors service, c'est-à-dire à peu près tout le temps. Aussi descendre leurs poubelles, pour ceux qui balancent pas tout par les fenêtres. Mais les vieux tous ils sont fauchés.

Vendre sa crème à la banque du sperme mais ça c'est une fois par an pas plus par motif de la concurrence, tout le monde veut se branler pour vingt-cinq francs.

Récupérer les peaux des moutons égorgés,

un fourreur polonais de Pantin les rachète soixante francs la bête.

Ramasser les jouets cassés des enfants et les réparer un peu pour les revendre aux Puces, mais c'est du boulot et les Pakistanais sont sur le coup aussi.

Ramasser de l'herbe et la revendre à ceux qui élèvent des lapins, mais souvent ils le font eux, aussi revendre les peaux des lapins.

Récupérer les bas morceaux chez le boucher et les broyer pour en faire de la viande à chats, mais ça suppose un peu de matériel et beaucoup de travail pour peu.

On voit que tout ça va pas loin alors on passe vite à l'illégalité, à la fauche quoi. Et là tout peut se faucher, raison que tout peut se revendre ou presque. L'année passée une bande à Aubervilliers était spécialisée dans l'enlevage express des chaussures à l'entrée des mosquées de toute la région, les pompes de sport surtout, celles qui ont la revente facile, on les expédie même en Afrique en Iran, là où ça manque, mais les imams ont acheté des placards et des cadenas alors terminé.

On peut aussi jouer le gigolo, ça c'est le rêve de tous les jeunes, une bonne grosse Gauloise de quarante même cinquante ans craquant de fric à se tirer une fois la semaine, mais tu fantasmes là-dessus toute une jeunesse et tu gardes les couilles lourdes.

Tu peux aussi attendre les miettes de la table en ouvrant la bouche, le RMI ça viendra dans six ans, en attendant une commission pour un transport de quelque chose de pas net ou faire le guetteur pour les dealers quand ils opèrent, ou piquer des pneus des antennes des phares, c'est exposé tout ce qui est dehors, ça peut partir comme ça vite fait même les chiens en laisse, les chats sur les fenêtres pour la vivisection, ou se rafler toute une vitrine un soir de casse générale et de grand bordel.

C'est rare quand même et aussi le pruneau de carabine tu le reçois vite. Alors ce qu'on fait c'est le tout-venant, c'est-à-dire surtout les sacs des bonnes femmes avec rasoir ou pas rasoir pour les courroies. Le jeu c'est de tirer l'objet en force et de se barrer vite fait, le plus souvent en balançant le sac à un ami des fois même à un autre encore, comme au rugby, jeu aérien. Pour ça la sortie des banques c'est bon, des magasins aussi et les caisses des bus, où il y a presque jamais rien d'ailleurs les chauffeurs s'en foutent, mais le mieux c'est le soir quand elles rentrent chez elles et que la nuit tombe. Tu les attends à deux devant une porte sur le trottoir, tu es là tu bavardes paisible, il faut que ce soit dans les quartiers lointains même à Paris c'est bon, mais à Paris déjà ils ont leurs bandes, elles occupent tout le terrain et souvent elles sont jalouses, alors tu es là à deux ou trois mètres de

la porte, tu connais pas le code évidemment, tu
vois arriver la bonne femme, meilleur toujours
si elle est seule, retour du resto, du théâtre, elle
a picolé un peu elle a sommeil elle pense qu'à
ses draps blancs, tu la laisses composer le code
mine de rien, toi tu bavardes tu la regardes pas
surtout, elle pousse la porte alors elle entre,
mais le bon truc depuis qu'il y a les codes c'est
que les portes il leur faut cinq ou six secondes
pour se refermer, toi tu te jettes d'un coup, tu
te retrouves en général dans une entrée pas
claire, tu arraches le sac, la bonne femme hurle
mais surtout de peur et panique, elle reste un
moment saisie bloquée sur place, toi tu as déjà
repassé la cochère, dans la rue ton copain se
casse de son côté et toi du tien, avant tu as pris
un lieu de rendez-vous pour dans une heure.

Des sacs comme ça dans les quartiers à fric
tu y pêches toujours cinq ou six cents francs,
quelquefois un petit bijou mais c'est rare, maintenant les bijoux du soir c'est du toc. Les cartes
de crédit les passeports, tout ça on le revend à
Bobigny pour quatre crottes. Le reste, les clés
les mouchoirs et tout ce bordel de dieu de crè-
mes et de pinceaux qu'elles empilent, nous on
le balance. Reste le sac qui peut être griffé dans
ce cas alors par un circuit spécial, maquillé
même quelquefois, il finit en Belgique ou en
Italie chez les ambulants.

C'est un travail de déception souvent je peux

le dire, mais quand même la joie qui t'excite quand tu ouvres un sac chaque fois, rien se compare. Tu as toujours de l'inattendu, des lunettes des cartes postales un bout de fromage un pétard même une ou deux fois, des stylos de marque, une fois une dame très haut-de-gamme et supercoiffée, dans les soixante-cinq ou plus, elle avait sa bonne provision de coke, une autre une carte signée Chirac maire de Paris qui la remerciait, une autre un petit chat vivant.

À part ça les coups sont minables sincèrement, c'est du sable, de la raclure. Moi par exemple je suis pas de ceux qui piquent la monnaie des mômes à la sortie des petites écoles, ça me débecte à fond la gorge, même pour les trop vieux qui ont les genoux cassés, mais il y en a qui le font, à la brutale même. C'est question de manger d'abord, dans la misère tu oublies tout, déjà tu savais pas grand-chose, humain c'est fini tout fini, à moi ça à moi ça tout de suite sinon je crève ou je te crève, la faim te met la tête noire et te fait trembler, tu pleures ta race et l'amitié l'amour tout ça poubelle.

Mouloud a même connu une affamée, elle piquait ce que ses mômes ramenaient à bouffer dans leurs poches de la cantine et après ils chialaient la nuit.

Tellement minables nous sommes que des fois ça rend triste même. Un groupe voisin, au Vieux Chêne, dans la même cité que l'année dernière en août septembre ils ont décidé de piquer des statues du square Vaillant-Couturier. Ils voyaient ça comme une expédition de grand volume, ils ont trouvé une camionnette croulante, des barres à mine un treuil des câbles je sais pas quoi encore, ils ont bataillé à cinq ou six pendant les deux nuits du week-end, des seaux de sueur des mains qui saignent, on leur avait dit que des amateurs américains rêvaient de ça, résultat c'était même pas des sculptures juste des trucs standard en béton armé des années cinquante et ça valait pas deux cents balles.

Même les statues elles sont en béton maintenant, même la table de ping-pong qui a pris la grêle et tu peux plus jouer. Un prof disait que c'est de la matière morte le béton, le plastique aussi. Plus le passage d'une vie, là-dedans. On est né pour ça et dans ça, le cœur en béton forcément.

L'histoire des statues qui étaient pas des statues ça me rend triste et en colère. Nous ici on a pas le droit d'être bêtes, sinon c'est la fin. Et bêtes ils le sont souvent, bêtes à avaler des suppositoires, bêtes à rêver que le pognon arrive par le prochain bus, c'est à se taper la tête contre les arbres qui s'en foutent. Aussi pour ça je me retire et j'écris ça, j'écris lentement juste pour être ailleurs à ce moment-là, pour échapper seul, même si des fois je peux pas faire autrement que participer, les autres ils ont un mur devant les yeux, ils peuvent pas voir autre chose, c'est ça la vie qui les attendait depuis lontemps, toujours des coups miteux les coups que personne en veut, de temps en temps ils se font allumer évidemment, ils prennent du plomb dans les fesses ou alors ils se font choper, ça leur arrive de se retrouver en cabane pour trois quatre semaines, où tous les mecs échangent leurs combines, et moi et moi, à la sortie c'est reparti petite merde, des morceaux de vie jetés comme ça, désordre et purée galère.

Dans d'autres coins tu en vois qui font du théâtre, ils ont trouvé une tirelire à casser, ou alors de la musique, c'est-à-dire toujours du rap évidemment, que ça commence à me briser les glandes cette cadence vu que c'est des phrases à répétition, une fois ça va deux fois c'est une de trop, à force de vouloir s'exprimer comme ils disent ils se marchent tous sur les couilles, et tatatata et tatatata oh putain quelle scie ma mère, d'autres aussi qui font des habits de mode avec des défilés et tout, ceux de La Courneuve ils sont passés à la télé plus d'une minute, bref il y a ceux qui se démerdent, qui restent pas la tête dans la carafe pour se protéger de la pluie, ou alors du sport mais pour le sport faut être doué par la nature et en plus bosser.

Tous par exemple et les blacks surtout si tu leur demandes ils rêvent que d'être Michael

Jordan et de ramasser des fleuves de fric avec une balle, mais c'est pas la taille, ils ont beau tendre leurs petits bras vers les paniers c'est toujours loin la gloire. Le plus gore c'est la salle de sports de combat et surtout de boxe, où ça pue la crade et la vieille sueur, il y a des trous dans le ring déjà, les mômes à six sept ans ils se font déjà châtaigner la gueule aplatir le nez, ils rentrent à la maison avec des yeux comme des aubergines, tout ça pour se rendre compte cinq six ans plus tard qu'ils sont incapables et les gnons pris par le cerveau tu te les gardes la vie entière.

Le plus grand nombre, en tout cas les glandeurs amateurs qui sont autour de moi, l'association des bras cassés et des crânes en panne, ils pensent qu'à des coups toujours, aller de coups en coups, une vie de coups, tu aurais pas un coup, je suis sur un coup, et puis aussi gueuler contre les flics qui sont de belles ordures en uniforme et que toute la faute c'est pour eux, moi les flics je les blaire pas davantage, même ils m'ont coursé deux trois fois et une fois étendu raide à la matraque souple, la longue noire celle qui prend bien les formes du corps, le lendemain la télé m'interrogeait pour le journal de treize heures, alors racontez-nous ce qui s'est passé, la télé je pouvais pas croire, qu'est-ce que vous avez fait pour être tapé, moi j'ai raconté jusqu'au point que j'avais perdu

conscience ou presque et puis total c'est pas
passé dans le journal.

Je disais je les blaire pas davantage, y en a des
mauvais qui piquent des sandwiches dans les
bars et qui payent pas, à qui tu veux aller te
plaindre alors, tu fais silence. Mais quand
même dire que toute la merde vient d'eux ça
me paraît bien un peu gigantesque. Une fois
aux Ombrages ils ont eu un mort, un jeune qui
traversait en courant et une voiture de flics se
l'est aplati, alors là d'accord on comprend la
rogne, moi aussi j'ai balancé des pierres et aussi
peut-être un petit molo, mais bon des soirées
tant chaudes c'est rare quand même, les journalistes ils crient de la gorge que les banlieues
flambent, les soirs comme ça c'est vrai ça
éclaire, après on en raconte le détail pendant
des mois et tout se transforme, ça devient la
grande guerre du monde l'horreur et tout.

Moi je dis que ça non je peux pas le croire.
Tu brûles un bus quatre bagnoles et tu défon-
ces une douzaine de vitrines, c'est pas la guerre
que tu crois. Tu brûles ce qui te chauffe les
yeux et que tu pourras jamais avoir. Tu pourras
jamais l'avoir alors tu le brûles, c'est là à la por-
tée de ta main mais pas dans ta main, différence. Mais si tu crois que tu apportes la torche
qui va mettre le feu à la France, tu es le mousti-
que qui disait je fais la guerre à l'éléphant, seu-

lement le gros avec sa trompe s'il a pas la télé il est même pas au courant.

Ce qui peut se dire, là je suis d'accord, c'est que les flics qui de toute façon s'en foutent et bien souvent habitent la banlieue, ils s'occupent toujours beaucoup du pas important, une petite manif pour faire réparer les panneaux du basket et ils rappliquent avec des gaz j'exagère à peine, tandis que les dealers tu les vois courir partout comme les lapins quand la chasse est fermée, et les armes aussi elles circulent peinardes, des armes vraies, je jure que tu peux trouver une kala en bon état dans un rayon de trois cents mètres n'importe où.

Notre existence est arrêtée le matin et puis le lendemain elle se répète. C'est pas l'état de guerre, l'état d'alerte, c'est la longue attente de rien, tu vieillis chaque jour pour rien.

Je vois pas ça du tout comme une guerre civile qui chaufferait doucement la paille. Même les personnes bien intentionnées qui de temps en temps viennent s'occuper avec nous, je parle pas des ministres officiels eux c'est vingt minutes par an avec le sourire et les gyrophares et un paquet de journalistes au cul qui de toute manière les empêchent de voir, et d'ailleurs quand il se passe rien qu'est-ce que tu veux voir, je parle des cœurs purs les vrais qui se dévouent pour leur prochain, il faut reconnaître que ça existe, ils viennent faire de l'animation c'est la cloche que tu entends sonner partout, à moi ça me chante comme la réanimation à l'hôpital la fois où j'ai cru ma mère morte, même ceux-là, et pourtant des fois ils ont des crédits d'ici de là un peu de pognon à claquer pour nous, même ceux-là au bout d'une semaine ou deux à nous faire découper du papier ou jouer Molière en arabe, une langue qui par ici se parle plus qu'entre les vieux comme le kabyle et encore, ou alors à l'école coranique où personne comprend rien de rien, on pense à tout sauf à prier, et les recruteurs du GIA soi-disant pour faire boum-boum dans le métro au Vieux Chêne tu les vois jamais, c'est un autre monde. Bon j'ai perdu le fil des animateurs, je le reprends maintenant, ils disent tous que c'est rapé que c'est foutu, qu'il faudrait prendre le problème à la base, base de quoi tu sauras jamais. Voilà c'est comme ça ils disent, ce monde-là il aurait pas fallu le faire.

Ma vie c'est comme ça qu'elle s'annonce. Peut-être je devrais commencer par mourir.

Heureusement que j'ai ma salle à manger dans les décombres, combien de temps on me la laissera je me le demande chaque jour, ces moments où je gratte la feuille du cahier et que je rature et je recommence, enfin je mets au propre mais rien jamais me fait content, quand même ça me chauffe l'âme si j'en ai une, je le sens bien, c'est là au moins que je fais quelque chose et moi seul, même si c'est de la merde à la ligne, que c'est bien possible après tout. Mais en tout cas ça me lâche jamais la tête, je marche en me disant des mots même en regardant la télé je pense qu'à ça, en faisant des courses pour ma mère, en emmenant ma sœur à l'école en la ramenant, et puis le soir surtout quand je me couche dans mon coin, j'ai juste un matelas par terre, alors les mots les phrases je les vois dans le noir ça explose partout comme des étoiles filantes, je me dis celle-là faut que je m'en souvienne, faut que je la grave profond, total je m'endors mon sommeil l'oublie, et quand je me relève à trois heures du mat tout ce que je trouve me semble au-dessous faible et bête, et je suis coupable que j'ai dormi.

Mon problème aussi c'est que je tiens pas la route évidemment, je me paume.

Maintenant je reviens à Lila. Elle m'a demandé de trouver une caméra et moi plus ou moins j'ai dit oui.

Elle fait glisser ses pieds sur l'herbe, elle remonte ses genoux du coup sa robe tombe un peu sur ses cuisses, mes yeux suivent le mouvement ils sont aimantés et naturellement je vois sa fente bien fermée par en dessous, elle fait son petit visage de rien et elle me dit comme pour parler du beau temps :

— Un jour si tu es gentil tu auras droit à une

bonne pipe. Tu aimerais tout lâcher dans ma bouche Chimo ?

Mon teint bronzé heureusement m'empêche de rougir, mais la gêne me prend dedans, je fais l'effort et je surmonte puis je lui dis :

— Pourquoi tu parles de ça toujours ?

— Et de quoi d'autre ? elle me dit.

Je sais pas que lui proposer, j'ai rien.

Puis elle fait comme au gymnase, elle balance ses jambes en arrière d'un coup ce qui me permet de voir tout encore, un petit élan et hop elle saute en avant, elle se retrouve sur ses pieds blancs, sa robe remonte, c'est dans les plongeons il me semble qu'il est question d'un saut de l'ange, et elle s'en va vers son bloc légère légère en me jetant tchao et elle est partie.

Je reste là, c'est tout pour cette fois.

Je raconte un peu de la journée d'hier, qu'il pleuvait.

On était là toute la bande à la Campana, comme dirait le père de Ruben : surveille bien la pluie qui tombe, on sait jamais des fois qu'elle ferait semblant.

Façons de se sentir utiles : tenir les murs et surveiller la pluie.

Samy le garçon nous supporte dedans si on prend trois cocas pour six et pas plus de deux heures encore, alors on est là autour des flippers mais aujourd'hui les parties gratuites c'est pour demain. Alors on fait semblant de jouer sans les billes comme ça on gagne facile, pareil si tu conduis une moto sur une chaise, tu as moins de risque de crever. Des trucs pour les mômes quoi.

Ils se mettent maintenant à parler de Lila, que d'habitude ils font comme si elle était pas là. C'est pas normal tout ça dit Grand Jo, elle

s'est acheté un vélo faut qu'elle ait du fric quelque part.

— Le fric, dit Petit Maurice, c'est de la pen-
sion de sa tante.

— Mais sa tante elle doit partout, fait Mouloud. Même qu'on refuse de la servir des fois.

— Alors le fric, dit Jo, elle le tire de son cul.

— Regarde bien c'est un vélo d'homme, dit
Ruben.

— Et alors quoi ?

— Elle fait du troc si ça se trouve Son cul
contre ça ou ça, ça existe.

— Ou alors elle l'a piqué son vélo.

Je sais plus très bien qui parle maintenant vu
qu'ils l'ouvrent tous à la fois, avec des moments
de silence dur, juste le bruit du flipper sans billes et puis deux mots ici deux autres là, des
phrases qui commencent et qui finissent pas,
que je sais jamais comment les écrire. Et puis
ça repart sur Lila, preuve que quand même elle
les travaille.

— Paraît qu'une grande bagnole grise est venue la charger l'autre soir. Elle attendait là sur
le trottoir, ils ont ouvert la portière au passage
elle est montée et au revoir.

— Tu as vu ça toi ?

— Samy l'a vu.

Samy du comptoir fait signe que non il a rien
vu, ou alors il veut pas le dire. Mais les autres
s'excitent, c'est pas Samy qui a vu la bagnole

106

d'accord c'est un autre, une belle bagnole une Mercedes ou une Audi ce genre-là, avec la télé allumée dedans derrière.

— Où elle allait avec cette bagnole ?

— Elle allait se faire tringler, qu'est-ce que tu crois ? C'est de la graine de pute, ça moi je le dis.

— Et plus y a de fumier mieux ça pousse.

— Mais si elle se faisait tringler par des bourrés, dit Petit Maurice qui est le moins con, elle aurait plus de fric que pour se payer une bécane ! C'est une Twingo au moins qu'elle s'offrirait !

— Peut-être elle ose pas.

— Elle ose pas quoi ? Pourquoi elle ose pas ?

— À cause d'ici, ce serait reçu comme de la provoc. Tu la vois pas se ramener avec une caisse ! Mais on lui crèverait les pneus le premier soir !

— C'est vrai, elle aurait l'air de nous pisser dessus.

— Et sa tante lui poserait des questions tu crois pas débiles ?

— Mais sa tante si ça se trouve elle la maque. Ces vieilles-là ça a trop baisé pour baiser encore. Mais ça aime à faire baiser les autres, c'est comme ça toujours.

Les jeunes cons qui parlent de la vie comme si déjà ils la connaissaient.

— Seulement si elle faisait le truc en grand,

dit encore Petit Maurice, lâché dans le rêve, c'est pas une Twingo qu'elle s'offrirait c'est une compagnie de taxis. Qu'elle en profiterait pour se tirer d'ici, excuse-moi.

— Ils se l'emmènent pour des partouzes, dit Mouloud qui est toujours ardent de la bosse, il voit une robe qui sèche à une fenêtre ça le met dans des états rouges, ils vont l'enfiler dans les bois ou alors dans un appart à Ripa avec des tapis, et ils se la bourrent à cinq six. Ou alors même dans la bagnole sans descendre.

— Ils tirent des rideaux noirs de tous les côtés, dit un autre.

— Ils branchent de la musique ou alors un porno-cassette sur la télé pour l'ambiance.

— Et ils se payent six ou sept fois le périf à la file. À tour de rôle ils se la tirent sur la banquette arrière, elle se fait mettre et elle en suce un autre en même temps pour le préparer, si tu fais bien gaffe tu arrives même à remplacer le mec au volant sans t'arrêter pour qu'il y goûte lui aussi.

Ça c'est Mouloud qui parlait le ravagé.

— Et après qu'elle en peut plus ils la ramènent ici avec un peu de fric.

— Salut et à la prochaine baise.

Moi je me tais je les écoute, ils sont là qui rêvent debout, il vaut mieux je crois que je dise rien sans quoi ils se payeraient ma gueule, qu'est-ce que d'ailleurs je pourrais dire moi, si

ça se trouve ils ont raison en plus, elle me raconte à peu près les mêmes trucs en plus
compliqué, qu'elle baise tant qu'elle peut partout avec des glaces même, je sais pas ce que je
pourrais dire je me sens bien paumé d'accord
bien écrasé, alors je baisse la tête en silence et
je regarde le flipper sans billes.

Juste c'est sûr que je peux pas leur raconter
les trucs qu'elle me dit à moi, ils seraient jaloux
furieux premièrement, après ils me traiteraient
d'emmanché et de couilles plates, qu'est-ce tu
attends pour lui sauter dessus, c'est qu'une petite pute de plus, les blondes aux yeux clairs
c'est les plus salopes, en Afrique c'est bien
connu et même c'est prouvé souvent, elle te
cherche elle te dit des trucs dégueulasses et toi
tu la touches même pas, tu es comme un chien
qui crève la dalle et qui refuse la pâtée, tu es
con ou quoi ?

Je les entends ces phrases dans ma tête c'est
comme s'ils me les disaient, je les entends le
matin le soir et la nuit aussi, je me plante les
ongles dans les mains pour surtout pas me
répondre mais je me dis au fond oui c'est vrai
oui peut-être.

Je me rappelle maintenant une chose qu'elle
m'a dite et j'ai oublié de l'écrire : j'aime bien
parler de tout ça avec toi, elle m'a dit. J'aime
bien tes yeux quand je te parle. Elle aime bien
parler de ça avec moi.

Je sais plus vraiment où regarder, je sais plus
où il est le monde. Tout a glissé. J'ai la tête là
j'ai mes épaules, je me tiens debout sur mes
pieds j'ai les mains posées sur le bord du flipper, je me rappelle bien ce moment, j'écoute
pas les autres mais je les entends et en même
temps mon cœur s'est échappé ailleurs je sais
pas où, il est pas avec moi ce muscle.

Par moments je suis content de notre secret,
qu'elle me regarde et qu'elle me parle, je me
dis que je suis le seul, même le seul qu'elle ait
branlé ici et l'oubli peut rien contre ça, d'autres
moments je suis détruit, j'ai le bord des lèvres
qui tremble et une poche triste au fond de l'estomac les jours qu'elle est pas là surtout, vu
qu'elle se fait enlever qui sait oui peut-être,
quand je reste sans la voir un jour une nuit et
un jour encore je me l'imagine avec des mecs
masqués dans des chambres avec des glaces aux
Champs-Élysées, des chambres genre Californie
avec du soleil blanc des jus d'orange et la mer
gélatine au fond, et rapidement je vois les images qu'elle me dit, vite je les chasse comme si
j'avais peur de les rendre vraies en y pensant
fort, ça c'est un sentiment nouveau que je sens
venir de partout même là maintenant quand
j'écris, je peux pas m'arrêter d'en parler et je
sais pas que faire contre.

Mouloud continue dans son rêve de baise
mondiale, il est perdu là-bas dans sa partouze

interminable à Malibu et les autres l'écoutent comme une chanson autocollante, tu peux tout prévoir de ce qu'il va dire, après le cul viendra toujours le cul, et moi je pense à ses vieux que je connais un peu, des rigoureux en religion avec six enfants et deux qui sont morts, le père a jamais vu sa femme nue, jamais de jamais même pas par hasard une épaule, les mômes se sont faits à tâtons dans le noir en demandant pardon au Prophète peut-être.

La télé tout ce qu'elle raconte sur la religion c'est bidon, comme quoi les terroristes se recruteraient dans les quartiers chauffés par Dieu, ici en tout cas la religion elle progresse pas au contraire, si des filles se mettent le foulard c'est surtout pour tenir les mecs à distance. Une des grandes sœurs de Mouloud le disait justement une fois, que dans les pays islamiques pour les femmes être séparées des hommes c'est pas forcément un inconvénient. Sûr qu'ici la religion elle fout le camp vitesse de pointe, on va encore à la mosquée mais c'est plutôt pour passer un moment, pour voir ceux qu'on voit pas les autres jours, et aussi le centre musulman des fois il te rend des petits services, c'est des mecs dévoués et tout, les barbus ils se bagarrent pour que la tradition de la foi se perde pas mais ils ont beau souffler y a presque plus de voiles.

La faute à Dieu qui s'est barré, et plus tu pries plus il se barre l'invisible.

L'autre jour à la télé un Canadien tout blanc de poil disait qu'on peut compter sur des milliards de mondes habités dans la nature. Je croyais pas ce que j'entendais, oui des milliards il répétait lui le sérieux, ça lui semblait totalement possible. Alors Dieu moi je crois qu'il existe je veux bien mais il est occupé ailleurs, il est des milliards de fois occupé.

Ici c'est pas le plus grave du monde.

Des milliards de mondes avec des banlieues qui brûlent. Ça en fait des bagnoles et des flics.

En tout cas au Vieux Chêne le recrutement des poseurs de bonbonnes, on en a jamais entendu un mot. Le fanatisme aussi c'est du pipeau, de la musique qu'on te joue pour te faire hurler dehors les autres, et pareil dans les autres cités. Ici oui c'est la grande débrouille, c'est le bizness d'accord le souk le trabendo et une baston de temps en temps avec si possible des flammes, mais bon ça se limite à ça. C'est pas le Chicago des *Incorruptibles* ni le Djihad fantasia à cheval et allons mourir dans la joie y a le paradis au bout de la balle. Personne a vu le nom d'Allah écrit au laser sur les nuages. Ici c'est pas la conquête de la terre, c'est qu'on cherche quelque chose à faire et qu'on trouve pas.

À ce moment c'est drôle on entend pleurer dans la Campana, on se retourne et on voit Samy écroulé les deux mains en avant sur le comptoir, il est en train de chialer son âme, nous on s'approche et on le regarde, Ruben lui demande ce qui va pas l'autre d'abord veut pas répondre et fait non non avec sa tête, et puis finalement il a eu le résultat de ses analyses et il est séropo maintenant. Il le savait depuis deux jours et il voulait se le garder secret mais là il craque comme une biscotte. On reste là à lui dire que c'est pas grave, que maintenant ils ont des remèdes qui font durer des dix vingt ans, y a qu'à voir Magic Johnson comme il flambe encore sous les paniers des fois.

Tout ça évidemment il s'en fout le Samy, moi aussi à sa place, alors Petit Maurice se souvient d'un coup que son père a besoin de lui d'urgence, un truc à faire et qu'il a oublié, que je suis con il dit et il est déjà dehors. Les autres aussi ils se trouvent une occupation, Grand Jo raconte qu'il est invité à prendre des photos à un mariage c'est un de ses petits boulots des fois, ils font tous tchao Samy te bile pas c'est rien et à demain qu'il fera jour encore apparemment, ils se débinent comme des pets sur du marbre et moi je reste un peu, je lui demande s'il veut un coup de main pour laver ses verres ou quelque chose. Mais il se relève et me dit que non, il s'essuie les yeux avec un torchon du comptoir et me regarde plus du tout, il reçoit avec le sourire deux mecs qui entrent et il les sert automatique, il sait à quoi ils fonctionnent les deux, le premier est un prof de gym à la retraite, l'autre c'est le surveillant de chez Mammouth qui s'amène jusque-là avec sa mobylette pourrie tellement il a crainte qu'on la lui fasse.

Je me sens seul un peu largué alors je fais un geste avec ma main et puis je sors sur le bas des pieds.

Je me retrouve dehors toujours tout seul et je marche dans la rue, je marche doucement vu que j'ai rien qui me pousse et rien qui me tire, juste essayant de me rappeler dans ma tête ce que les autres ont dit et ce que j'ai vu aussi, je fais ça tout le temps pour après pouvoir tout écrire sans me creuser et j'entends sa voix qui m'appelle : Chimo !

Je me retourne et je la vois sur son vélo d'homme, toujours en danseuse elle arrive avec une jupe et un chandail et des chaussettes en laine blanche, elle freine un peu, elle me sourit comme le ciel qui s'ouvre et elle me dit :

— J'ai rêvé de toi !

Elle se met maintenant à tourner autour de moi, deux trois coups de pédale puis un peu de roue libre puis de nouveau elle pédale, moi je reste au milieu à tourner sur mes pieds, je suis la colonne du manège.

— C'était quoi le rêve ? je lui demande.
— Devine.

Comme je sèche elle me dit encore :

— Oh c'est facile à deviner.

Je dis toujours rien, motif que j'ose rien dire, alors elle se marre et tous les deux toujours tournant elle me dit :

— Des trucs que tu pourrais pas croire. Je me suis réveillée mouillée comme une langue. Je faisais un gang-bang, Chimo.

— Un quoi ? je demande.

— Bang en anglais ça veut dire baiser et un gang c'est un gang tu vois. Ils étaient cent tu te rends compte ? Je baisais avec cent mecs à la fois et tu sais quoi ? Chimo ils avaient tous ta gueule !

Elle appuie plus fort, elle tourne sec le guidon et elle se tire sur ses deux beaux pistons nature, et elle me jette encore sur son épaule :

— Tu as pensé à la caméra ?

J'ai même pas le temps de lui répondre. Elle accélère elle accélère, mais où elle peut filer comme ça !

Je rentre à la maison.

Ça c'était hier après-midi, je l'écris ce soir.

Je raconte une longue histoire maintenant.
Après je sais pas ce qui va arriver.

C'était hier au début d'après-midi. On touchait le ballon du bout du pied sur le terrain, comme toujours quand on vient juste de manger, un jour du riz le lendemain des pâtes, à parler de rien comme d'habitude parce qu'il y a jamais rien du lundi au samedi juste le temps qui change et encore pas chaque jour, c'est pour ça que les autres et moi aussi peut-être on parle toujours avec les mêmes mots, parce que ce qu'on voit c'est la même chose, et ça aussi c'est une manière de s'abrutir la langue et avec la langue tout le reste, c'est comme du linge qui rétrécit et qu'à la fin tu rentres plus dedans, tu as l'impression que tu as grandi trop vite et que tu as déjà dit mille fois tes paroles, à écouter les autres c'est une pauvreté, pense pareil parle pareil, autant se taire et plus penser du tout, ça fait mal de penser des fois, c'est comme

le matin quand tu dois mettre ton jeans ton tee-
shirt tes pompes tous les jours les mêmes tous
les jours les mêmes, tu vois des défilés de mode
à la télé où les mecs sont habillés comme des
gonzesses, ça va jusqu'à des plumes dans le cul,
conséquence ils se marrent au moins, paraît
qu'il y a des filles et même des mecs qui se
changent de pelure trois fois par jour si c'est
pas quatre et moi le matin je me retrouve
devant mes fringues de la veille et de l'avant-
veille, avec ma mère qui fait une machine de
temps en temps le soir chez la voisine.

À m'habiller pareil tous les matins j'ai l'impression des fois que je suis le même que le jour
d'avant, que la vie pour moi elle avance pas,
que c'est une course à étapes où le classement il
change jamais, les premiers seront les premiers,
puis le gros du peloton et les traînards, ceux
qui ont pris le clou qu'il fallait pas, puis les
abonnés au mercurochrome les titubards, ceux
qui se laissent glisser les yeux blancs de la bave
aux lèvres et le moulin du camion-balai dans le
dos, et puis ceux qui regardent passer tout ça
et se rendent compte de pas grand-chose, on
leur balance des casquettes fabriquées en Asie
par des petites filles tristes, ça calme un peu
leurs inquiétudes, ils cassent une bonne croûte
le cul calé dans l'herbe du talus, ils gueulent un
bon coup quand passe la meute, tu dirais le
bruit d'un vol de criquets les dérailleurs, après

ils secouent les fourmis qui ont pris leurs shorts pour un nouveau métro, ils ramassent les couverts mais pas les déchets, et tout le mal qu'ils ont pour la retrouver leur putain de bagnole.

Je dis ça parce qu'un jour j'avais treize ans on nous a mis dans un car de la mairie pour aller voir passer le Tour de France. Ça dure une minute et encore, ça fait zip zip et ils sont plus là. Depuis je regarde à la télé au moins ça dure plus longtemps, j'aime bien ça d'accord surtout la douleur en montagne, quand c'est fini j'attends le Tour de France de l'année suivante et à part ça j'attends rien d'autre.

J'attends rien d'autre rien d'autre. Je sais que ça va passer à côté de moi, je crois il y a longtemps que je le sais. Ici tu peux pas faire de projets, c'est comme si c'était interdit par quelqu'un.

Ça va tout passer à côté de moi c'est forcé. Les autres aussi ils le savent au fond seulement ils font comme si. Ils se voient couverts de pèze et de nanas un jour qui vient moi pas, ça m'est égal d'ailleurs. À part Lila je vois rien que j'aie envie. À part Lila je vois rien.

Mais vivre avec elle voilà, je sais bien que je me joue de la flûte à trois mains. Je me chante une chanson qui est sans paroles et sans musique. Chaque jour je me le dis et je me l'écris mais le lendemain ça repart, Lila me frappe de nouveau la tête, j'arrive jamais à penser à rien.

Les autres ils ont un cimetière dans le crâne, leur cervelle est pleine de tombes avec des fantômes assis sur les pierres en silence, il fait toujours nuit là-dedans et la brume est humide froide. Moi j'arrive pas à éteindre, j'ai tort peut-être et je me complique la route. Trois fois quatre fois par semaine je me retrouve dans mon bureau de ruines et j'écris là. C'est pas le meilleur moyen d'oublier mais si on m'enlevait ça je me jetterais sous un train rapide ou peut-être pas.

Hier je disais l'après-midi et ça quand même ça sort en plein de l'ordinaire, voilà sa tante qui jaillit de l'immeuble habillée comme à Intervilles, maquillée jusque dans les rides, une croix en bois à la main droite, et elle se met à foncer sur nous malgré son poids, que d'abord on comprend pas bien ce qu'elle déblatère en désordre, et très haut la voix jusqu'à la gueulante, on entend quand même que ça parle de son petit ange qui a mal tourné.

— Un prêtre ! elle crie la tata. Un prêtre un prêtre vite !

Un prêtre je crois que j'en ai jamais vu un dans le paysage ou alors c'est qu'ils se camouflent et qu'ils passent couleur de béton et vite encore. Faut dire aussi que je les cherche pas spécialement, les imams non plus. Dieu il s'occupe pas de nous, nous de lui non plus.

On reste balle au pied et sur la méfiance, on

la voit venir dans son ouragan en couleurs. Petit
Maurice lui demande ce que c'est la cause de
sa sortie, elle qui sauf erreur s'est pas montrée
au jour sauf pour gueuler par la fenêtre depuis
cinq ans si ça se trouve.

Elle crie comme ça : c'est le démon c'est le
démon !

— Quoi le démon ? il fait Petit Maurice.

— Le démon là-haut !

— Où ça ?

— Là-haut ! Là-haut ! Le démon là-haut !

Les bras levés comme des antennes-râteaux
elle tend vers l'immeuble son doigt andouillette
qui tremble, avec les bagues tellement profon-
des que la chair passe en dessus, l'évidence
qu'elle a couru, elle souffle comme un animal
qui voudrait parler, mais où il est son cœur sous
tant de graisse ?

— Quoi le démon là-haut ? il répète Petit
Maurice, c'est lui qui parle souvent pour le
groupe, c'est comme ça les petits ils parlent toujours plus que les grands.

Elle tend la croix en bois vers le bâtiment
puis elle se la colle sur le front, incapable elle
est d'en sortir une alors elle essaye par gestes,
elle indique ses deux seins mous énormes qui
ont tendance à se mélanger que de temps en
temps elle les sépare, nous on la regarde on
voudrait comprendre, puis elle se fait des cornes elle ouvre la bouche elle tire la langue lon-

gue, même elle se touche le bout de la langue avec la feuille de laurier attachée à la croix avec un bruit de vieux baiser, le bout de la langue qu'elle a tout jaune peut-être qu'elle a bouffé trop de safran, après encore elle nous montre ses deux yeux qui sont tout pleins de petits ruis-seaux rouges, si bien que nous tous on reste secs à la regarder comme un mystère, mais qu'est-ce qu'elle peut bien nous gesticuler, va savoir.

— Je pige pas, il dit Petit Maurice.

Et Grand Jo qui est jamais le maximum de la galanterie lui demande :

— C'est quel insecte qui t'a piqué le cul dis donc ?

Elle a entendu, elle ferme les yeux et elle fait non de la main trois fois : non non non pas d'insecte. C'est pas d'un insecte qu'on parle. Ses soufflements se calment un peu, toute la partie supérieure de son volume monte et retombe, retombe surtout, avec des grince-ments de celluloïd là-dessous. Non non non pas d'insecte. Elle se touche la tête avec la main, pas folle elle a l'air de dire, ah non tout mais pas folle.

— Alors quoi tata ? dit Petit Maurice comme le mec qui va pas tarder à s'impatienter.

Ali et son frère bougent pas d'un pied. Bakary fait deux pas en arrière lentement comme s'il avait les yeux sur un gros serpent, à craindre quelque chose en tout cas déjà.

— Le démon là-haut, elle dit encore la croix pointée.

Bakary recule encore un peu plus, il aime pas ça.

Et puis elle alors très saccadée :

— Il faut m'aider les petits enfants, il faut m'aider. Lila et moi on a vu le démon. On l'a vu on l'a vu. Lila elle est restée là-haut, elle peut plus bouger, elle est tétanisée Lila. Moi au contraire vite en bas, vite vite. Il me faut un prêtre, compris ? Il faut vite m'aider à trouver un monsieur le curé, les petits enfants !

— C'est qu'on a pas que ça à foutre ! dit Petit Maurice, mais pas content du tout qu'on l'appelle un petit enfant.

— Et qu'est-ce que vous avez à foutre, hein ? Vous pouvez me le dire, bande de zigotos ?

Parce qu'elle parle comme ça la tante : elle dit bande de zigotos et tas de feignants. C'est comme ça qu'elle parle dans son genre. Elle nous traite aussi de mécréants et de malappris et les deux fois elle a raison. Puis aussi quand ça lui prend, comme la fois par la fenêtre, elle nous traite d'infidèles de petits glandeurs de rastaquouères et puis d'assassins du petit Jésus. Que ça c'est pas vrai lui avait dit Ali, c'est les Juifs qui l'ont tué le petit Jésus c'est pas les Arabes. Mais la tante elle explose comme un jet d'eau, elle crie que les Juifs et les Arabes de toute façon c'est le pareil au même, que nous sommes tous coupables de sa mort tous autant que nous sommes, et même qu'on le tue chaque jour à chaque minute, si bien que le Diable maintenant il se grimpe peinard jusque dans les étages, sans personne pour lui barrer les escaliers. Mais où ça va tout ça où ça va ?

On sait pas du tout où ça va d'ailleurs on s'en tape le manche.

À force qu'elle se lamente et qu'elle torde ses grosses mains en nous traitant même de barbares et de saligauds, tout à coup Grand Jo dit qu'il va l'aider à trouver un prêtre, que peutêtre il en connaît un dans une paroisse pas loin. C'est un vieux prêtre mais après tout c'est pas forcément les plus nuls.

— Est-ce qu'il connaît les exorcismes ? la tante demande.

Aucun de nous a jamais entendu ce mot-là, que pour l'écrire j'ai dû chercher dans un dictionnaire à l'étalage. Mais Grand Jo se retourne vers Petit Maurice et Petit Maurice il se dégonfle pas, il dit :

— Il les connaît tous.

— Eh bien allons-y ! elle crie la tante. Qu'estce que nous attendons par saint Michel !

Et nous voilà tous partis pour chercher le vieux prêtre dans la paroisse qui est pas loin, tous sauf Bakary qui veut pas venir, il reste là à garder la balle.

Elle prend la tête la tata et elle déplace de l'air, la croix brandie, toute en couleurs on dirait un manège qui marche, montée dangereuse sur deux godasses noires bien arrondies, les orteils tout prêts à percer, elle doit pas les mettre souvent ça se voit, ça passera pas la journée à ce rythme-là.

À la hauteur de la Campana, où Samy le garçon qui a mis des lunettes noires essuie les chaises de la terrasse en plastique blanc, les mêmes chaises que partout, et regarde passer la tata et son escouade comme un poisson devant des pommes qui se noient, moi je me laisse glisser sur le côté derrière un arbre sans que la tante me repère et je file jusqu'au bâtiment.

Je monte rapide dans l'escalier, le même escalier que partout en ciment râpé sale et barbouillé, les tags aussi les mêmes que partout, tu ouvres ta gueule soi-disant pour parler tu dis pareil que tous les autres alors aussi bien la fermer, si c'est que tu parles au moins que tu dises quelque chose à toi, je me raconte ça en montant tellement j'ai honte de la connerie qu'on vit au milieu, j'arrive et je trouve la porte sur le palier à moitié ouverte, je la pousse en douceur vu que je connais pas les lieux et le démon si ça se trouve il m'attend juste là derrière avec une fourche.

J'entre, elle est là Lila assise toute seule dans le living sur une chaise, les deux mains posées sur les genoux qui sont découverts, et quand j'entre elle tourne vers moi sa tête claire avec son sourire de cathédrale et ses yeux qui voient tout de moi, et elle me dit :

— Je le savais que tu viendrais toi.

— Salut, je lui dit, ça va ?

— Salut Chimo. Tu es essoufflé, tu es monté vite.

Je lui demande pourquoi sa tante elle est sortie comme un jour de bombardement.

— À cause de moi, elle me dit.

Déjà je sens qu'elle est de retour mon âme d'oiseau, comme toujours quand elle me fixe et elle me parle, j'ai de la fuite dans les jambes on dirait que je viens d'entrer dans un marécage, dans son living comme tous les livings mais là aussi tout bariolé, dans les fissures des parois la tata a glissé des fleurs en papier et des clous dorés sur les meubles, une chapelle à loyer modéré elle a fait de l'appartement, avec le Christ qui est *vraiment* ressuscité, une affiche de propagande qu'elle a décollée quelque part, le Christ est ressuscité mais l'affiche est morte, et une grande image rouge et jaune de saint Michel-archange qui vante un produit contre les punaises et les poux, une réclame martiniquaise des sixties, les cadavres pattes en l'air des insectes exterminés vont rôtir au feu de l'enfer.

Je lui dis :

— C'est quoi, ce démon ?

— C'est moi, elle me dit.

Comme si je le savais pas.

— Ça s'est passé comment ? je demande.

— Je lui ai raconté, elle me répond.

— Tu lui as raconté quoi ?

— Tu veux savoir ?

Je suis pas très sûr que je veux vraiment savoir, je vais encore me déglinguer, mais d'un autre côté je pourrai pas vivre avec des questions tous les jours et toutes les nuits.

C'est aussi pourquoi je hoche la tête, je fais oui je veux oui.

Alors elle me raconte ça :

— Ce matin elle recommence à me baigner comme un bébé à me sécher à me tapoter partout comme elle fait, en chantant des psaumes ou quelque chose, et puis elle me met sur le fauteuil là, elle en face accroupie, une serviette pour mes pieds, et la voilà partie de nouveau à dévisser, les mains jointes devant ma chatte, que c'est l'abricot de la Terre promise et le pain des anges.

Moi ça commence à me courir tout ce cirque alors je lui dis que j'ai vu le Diable. Je lui dit : tata, j'ai vu le Diable.

D'abord elle bloque sa litanie sa bouche s'ouvre et reste ouverte, elle avale plus d'air du tout ses yeux me voient et me voient pas, moi j'ai peur qu'elle s'aplatisse comme un vieux tapis, qu'elle tombe molle devant moi, je me dis qu'est-ce que je vais faire, comment je vais me remuer toute cette masse, mais le passage d'air lui revient assez pour me dire :

— Tu as vu quoi ?

— J'ai vu le Diable.

— Tu mens.

— Non.

— Comment tu sais que c'était le Diable ?

— Il me l'a dit.

À partir de là maintenant c'est moi Chimo qui écris mais c'est Lila qui toujours raconte. Moi je raconte ce qu'elle raconte, je sais pas bien comment faire ça tant pis. J'essaye.

Lila dit ça en me parlant de sa tante :

Elle se mord un peu le bout des doigts au-dessus des bagues, que c'est un geste qu'elle fait tout le temps, on sait pas si c'est pour se faire mal ou pour pas dire d'âneries.

Puis elle me fait :

— Ça suffit pas qu'il te l'ait dit.

— Pourquoi tata ?

— Parce que beaucoup ils peuvent dire qu'ils sont le Diable et total c'est faux.

— Lui il a pas fait que le dire.

— Et alors quoi ?

— Il a sorti sa bite, elle était rouge et elle fumait.

Là aussi je me dis que j'ai cogné fort, j'attends le malaise fatal mais la tata préfère choisir le raisonnement. T'étonne pas c'est souvent comme ça chez elle, tu crois qu'elle est anéantie dans ses prières, que toute sa graisse est en extase et brusquement elle te dit : ton chandail est mal boutonné.

— Qu'elle soit rouge ça prouve rien, elle me dit.

— Et qu'elle fume ?

Question qui la fait réfléchir forcément. La voilà qu'elle se balance dans ses souvenirs, je le vois. Alors elle se tape le bout des doigts contre les mamelles, c'est signe qu'elle voyage dans le temps. Jamais j'ai pu savoir combien de bites elle a connues ma tante, vu qu'elle est hypersecrète là-dessus, mais ma mère disait une fois que si on en faisait des ampoules on pourrait éclairer la place Monge pour le bal du 14 Juillet. Même qu'elle en vivait, disait ma mère (la mère à Lila pas la mienne), à une époque, pour maintenant jouer la Sainte Vierge.

Mais savoir si elle en a connu de fumantes, faut quand même qu'elle réfléchisse un peu.

— Elle fumait comment ? elle me dit.

— Beaucoup. De la fumée rouge, et que ça sentait le soufre. Même que j'ai dû ouvrir la fenêtre après.

— C'était peut-être un petit saligaud avec un truc qu'il s'était mis.

— Mais il aurait pas eu tout ce poil, je lui dis,

tata. Ni ces yeux jaunes ni cette grosse queue de rat derrière.

— Une queue de rat ?

— Grosse, et elle traînait par terre.

— Et comment il était rentré ?

— Je l'ai pas vu entrer. J'arrivais pas à m'endormir j'ai senti une odeur comme aux abattoirs, où je suis allée une fois, je me suis tournée et il était là.

— Il était là où ? Où ça il était ?

— Dans ma chambre tu sais tata.

Elle pousse la voix maintenant et elle demande :

— Mais pourquoi Seigneur qu'il viendrait ici ? Qu'est-ce qu'on lui a fait ? Tu lui as fait quelque chose toi ?

— Je lui ai rien fait, je dis.

— Tu l'as appelé ?

— Ah non alors.

— C'est déjà l'enfer ici. Pourquoi qu'il se ramènerait le Diable ? Pour chercher quoi ? Pour faire quoi ?

— Pour enculer un ange, je lui dis.

Là c'est vraiment l'horreur qui s'est écrasée sur ma tante.

Elle s'est écroulée par terre avec des mouvements nerveux en disant non non, et la voilà qui gigote-gigote, et moi je me marre à fond dans mon petit cœur et pourtant je suis pas méchante, tu me connais toi.

Je descends toute à poil de mon fauteuil là, je m'allonge à côté d'elle, je la caresse gentiment et je lui dis en prenant ma voix douce :

— Et puis tu sais tata il était nu. Personne dans la cité serait venu tout nu. En tout cas pas sans prévenir. Tu sais ce qu'il m'a dit quand il a vu que je le voyais ? Il a dit : toi je suis venu te faire mienne. Parce que tu es un ange comme moi, Lila.

Ma tante sur la moquette là elle fait oh-oh-oh et encore oh-oh. Juste si elle sort un saint Michel d'un fond de gorge.

— Il a fait un geste, tata, et j'avais plus de chemise de nuit je te jure. J'étais comme je suis là. Il a demandé que je le regarde dans les yeux, alors il me dit : je vais te donner un ordre Lila. Tu peux encore dire non maintenant et je te garantis que je m'en vais. Si tu dis non je m'en vais parole d'enfer et tu me verras jamais plus. Mais si tu écoutes mon ordre, si tu dis pas non tout de suite dans les trois secondes, alors tu devras obéir immédiatement et sans discuter sans un mot. Sinon gare à toi.

Oh-oh elle fait ma tante, oh, oh. Et moi :

— Il se tenait la bite d'une main comme si qu'elle était trop lourde. D'accord je lui dis. Si tu savais comme je mouillais tu pourrais pas croire. Tu as bien compris, sans discuter, tu poses pas une question et tu obéis illico, il me dit. Moi je dis d'accord mais alors vite.

Oh grand saint Michel, elle dit ma tante à voix basse.

— Mais lui tu sais tata il s'est pas pressé, tu sentais qu'il avait le temps tu comprends ? Il a bougé un petit peu, il a attendu moi je coulais j'en pouvais plus, cette odeur de sale bête en supplément, puis il m'a fixé son regard jaune entre les deux yeux et il m'a dit : montre-moi ton trou du cul Lila.

Ah mon dieu elle fait ma tante en tapant des pieds, ah mon dieu mon dieu.

— Et moi évidemment j'ai fait ce qu'il voulait tata. Sans hésiter. Je lui ai tourné le dos, je me suis mise à genoux sur le lit et je lui ai montrer mon trou du cul comme il voulait. Même avec mes deux mains j'ai écarté un peu mes fesses pour qu'il puisse bien voir. On est resté tous les deux comme ça en silence pendant au moins une minute peut-être deux, il y a des moments que le temps s'est perdu pour toi, tu dois savoir. J'entendais même pas sa respiration, peut-être qu'un démon ça respire pas ou bien ça respire autrement, motif qu'ils vivent dans les flammes et sans oxygène du tout.

Je la caressais toujours doucement ma tante, je l'aime bien au fond tu sais, c'est une femme qui n'a que moi, je la caressais même un peu entre ses cuisses mais tu n'as aucune place pour mettre la main, et puis je me suis collée contre son oreille et je lui ai dit en murmurant, genre confidence entre femmes :

— Après il m'a parlé et il m'a dit : tu vas te tourner maintenant sale petit ange et tu vas me sucer la queue.

Tout doucement là dans son oreille. Un long frisson elle a eu la tata, mais rien qui lui sortait des lèvres rien.

Alors j'ai continué toujours avec ma voix de douceur, très gentille, pour lui faire plaisir tu sais :

— Je me suis tournée comme il voulait toujours à genoux sur mon lit, je me suis mise en face d'elle et il l'a avancée vers moi en la soutenant toujours de la main, elle fumait encore, avec son autre main il a pris mes cheveux ça j'adore tata j'ai toujours adoré explique-moi pourquoi, toi aussi peut-être dis-moi, alors il m'a dit de fermer les yeux et d'ouvrir la bouche, moi j'obéis je demande que ça je suis dans le noir maintenant, j'ouvre la bouche aussi grand que je peux et je sens là cette chose chaude qui est pas de l'os et pas de la chair, qui est pleine de veines et de tendons, dure tendre ronde, qui bouge qui va qui a goût à rien d'autre, tu peux la comparer à rien surtout montée de si loin dans la terre, tu la sens pleine de liquide chaud au fond, gonflée pour toi seulement pour toi, gonflée de sang, **tu glisses d'abord ta langue en dessous comme il faut**

faire, tu sais bien ça tata, et tu commences à
sucer, le monde s'arrête le jour la nuit les guerres les saisons, tu suces, il te tient les cheveux
comme si sa vie en dépendait, tu ouvres pas les
yeux surtout tu obéis tu suces tu as rien d'autre
à faire que sucer, tu sais plus qui tu es vraiment
maintenant comment tu t'appelles non plus,
c'est un moment plus fort que toi, une chose
qui te possède et penser que ça vient de l'enfer
en plus, j'essaye de la prendre dans une main
pour la caresser en même temps mais elle est si
grosse, je la tiens juste alors entre deux doigts
comme ça tu vois, je suis partie quelque part,
où je sais pas, je pense plus à rien, je les bouge
un peu mes doigts en aller-venir comme ça, des
petites pressions aussi, je fais de mon mieux
possible, je suis partie ailleurs je sais pas où,
comme si je m'envolais aveugle ou si je tombais
dans un puits d'eau tiède, j'étouffe même pas
je suce je suce sans ouvrir les yeux et lui je l'entends qui commence à lâcher de l'air par la
bouche, un soupir ou deux comme un homme,
ah ma tata je suis heureuse.

Je fais comme toujours avec Lila, j'essaye de
retrouver les mots exactement qu'elle a dits,
mais sûrement il y a plein de choses que j'oublie. En parlant Lila elle fermait ses yeux aussi,
elle balançait sa tête avant arrière comme un
bouquet jaune dans le vent, un peu partie elle

avait l'air vraiment à sucer la vraie queue du Diable venu tout justement pour elle maintenant.

Alors elle me dit (elle s'est arrêtée deux trois minutes comme pour revivre son sucer d'ivresse) elle me dit :

— Ma tante aussi alors elle soupire mais je crois que c'est de malheur. Ou bien alors c'est la surprise un peu trop forte, mais en tout cas elle m'entend c'est l'essentiel la vie l'a pas abandonnée. Vivace et têtu le gros tas.

Lila me dit ça :

— Elle voudrait pas m'écouter qu'elle m'écouterait quand même. Elle revient lentement en surface, croira croira pas, elle s'éclaire elle tremblote, je peux pas lui voler ses souvenirs évidemment mais elle suce avec moi on dirait presque. À espérer que ça lui apporte un peu de bienfait à son âge. Elle fait ah... ah... doucement maintenant, comme un râle.

C'est la première fois que je lui parle sexe en grande fille mais alors carrément. C'est vrai que les bébés on les voit pas grandir à les regarder tous les jours. Je parie qu'elle me croyait encore vierge, tu réalises ? Mais je suis le contraire de Jeanne d'Arc, mes voix à moi elles viennent pas du ciel et elles me prêchent l'amour pas la guerre. En plus ça m'amuse de la secouer comme un torchon rien qu'avec des mots. Elle participe ça la distrait.

Alors je continue rien que pour elle :

— Je la sens soupirer tata et puis gémir, presque pleurer comme les hommes, je sais pas bien où il veut en venir, s'il veut que j'aille jusqu'au bout que je le vide, mais lui il me lâche les cheveux, il me plaque une main sur le front et il me dit précipité, comme s'il avait besoin je te jure, il me dit urgent :

— Tourne-toi je vais t'enculer.

Oh saint Michel ! qu'elle fait ma tante en claquant des mains, et ses pieds qui battent le sol de nouveau.

— Il était venu pour ça, tata, il était venu pour enculer un ange. Un ange il est de ce sexe-ci de ce sexe-là, de toute manière on peut l'enculer. De ça on est sûr. Alors il retire sa queue de diable de ma bouche, c'était long ça n'en finissait pas de sortir, je lui demande si je peux ouvrir les yeux il me dit non, pourtant j'aurais tant aimé la voir avant de la prendre, voir dans quel état je l'avais mise, mais je triche pas je sens qu'avec lui on peut pas tricher, je regarde rien, je me retourne sur les genoux et je me mets comme j'étais avant juste au bord du lit, j'attrape mon oreiller pour bien le tenir et mordre dedans s'il le faut, j'écarte un tout petit peu les genoux pour être à hauteur et il me la met.

Oh-oh elle se remet à faire ma tante en essayant d'enlever ses bagues ce qui est pas possible, mais c'est un signe de sa nervosité, oh-oh

mon dieu mon dieu et puis des paroles
confuses.

— Il me la met pas tout de suite je lui dis,
malgré son besoin que j'ai su. D'abord il me la
passe doucement dans la raie de haut en bas
puis de bas en haut comme un aveugle qui
reconnaîtrait son chemin, puis il me touche un
peu les fesses, un peu la chatte en bas, il
remonte jusqu'à mon trou du cul que je lui ai
montré et là il m'enfile. Je sais pas comment ça
se fait tata que mon cul a pu prendre ça. J'avais
jamais connu une aussi grosse. C'est peut-être
à cause de la chaleur qui m'a dilatée ou des
circonstances. Il me la pousse en avant et tout
s'écarte devant elle, quelle sensation ma tata,
comme les saintes d'avant quand on leur faisait
le supplice en même temps elles voyaient le ciel
ouvert, il me l'enfonçait en se reculant un tout
petit peu pour mieux me l'enfoncer encore,
une odeur comme au zoo dans toute ma chambre, je sentais qu'il regardait avec ses yeux jaunes, ça me faisait mal et bien je sais pas vraiment comment te dire, comme si cette queue
me soulevait de terre sans pitié tu comprends,
plus de pitié du tout, juste pour me faire
comprendre ce que je suis, avec aussi ce côté
méprisant pour ma chatte que toi tu aimes tant,
mais lui c'est pas elle qui l'intéresse, ça au
moins c'est clair, sa queue il me la pousse et me
l'enfonce jusqu'au bout, jusque là où il peut pas

l'enfoncer plus loin, moi je crie doucement de douleur et pas de douleur, il m'a placé ses deux mains poilues sur les os des hanches, il me tient fort et il commence maintenant à me bouger avant-arrière sans rien dire, il m'encule sérieusement c'est tout, je sens ce qui m'arrive dans chaque millimètre j'en ai presque envie de dormir, c'est comme quelque chose qui dépasserait tout, qui irait plus loin que tout dans la sensation et pas rien que physique, je suis en mouvement sur sa queue même mon âme bouge, mais qu'est-ce qu'il cherche dans mon cul je me demande, qu'est-ce qu'il me veut pourquoi il me fait ça, comment il sait que ça me fait peur et envie aussi, à crier mais à crier de quoi tu peux pas dire, je suis à lui, je suis prête à prendre tout ce qu'il me donne oui tout, c'est même pas pour m'humilier c'est pour bien me mettre à ma place, il fait ça sans méchanceté, j'espère aussi que ça lui fait plaisir, que ses couilles chauffent, que je vais le sentir gicler l'entendre crier.

Quand elle parle Lila moi je l'écoute bouche ouverte, je comprends même pas ce qu'elle dit sur le moment, juste j'enregistre comme j'ai dit j'enregistre tout, c'est beaucoup plus facile après pour moi d'écrire, c'est comme si je déroulais ce ruban et j'ai rien qu'à recopier. Si moi je veux écrire tout seul alors c'est la galère amère, je m'énerve je trouve pas, je me tape sur

la tête, au contraire si je la fais parler ça va tout
seul, facile facile pas de questions, par moments
je regrette que j'ai pas suivi des cours ou écouté
parler des savants quelque part, vu que j'ai la
meilleure mémoire de tous ici, déjà au collège
pour apprendre les poèmes j'étais le plus fort,
je les lisais une fois je les savais, je me les récitais
sans une faute, même si après devant les autres
je faisais semblant de me gourer, d'avoir pas
appris, pour pas avoir l'air con du bon élève.

Sûr que Lila finalement elle m'a poussé à
écrire, même que je sais pas à qui je le montre-
rai tout ça, je suis jamais entré dans une librai-
rie, il se peut que ce qu'elle dit ça soit dégueu-
lasse et que personne il puisse le lire, je me
rends pas bien compte moi, mais quand même
il se dit que maintenant toutes les cochonneries
elles se publient, que depuis qu'on ose plus
tremper sa bite là ou là motif le virus, au
contraire on met de la baise partout, des films
pornos et même hard à la télé, que mes parents
ils ont vu ça une fois chez des cousins de La
Plaine-Saint-Denis, ils sont partis furibards en
gueulant qu'ils en écriraient au maire et que le
Prophète allait revenir avec une kalachnikov
faire galoper la pourriture, c'était avant le dé-
part de mon père avec une pute d'Aubervilliers,
y a des fois voilà comme maintenant je me suis
paumé dans mes lignes, je sais plus par quoi j'ai
commencé faut que je reprenne depuis le dé-

but, oui c'est Lila qui m'a poussé mais sans le savoir, jamais j'oserai le lui montrer à elle, supposé que j'ose le montrer à quelqu'un ici.

C'est marrant quand même cette mémoire que j'ai de me souvenir de ce qu'elle dit au mot le mot ou presque et même en revoyant sa tête en plus.

Elle en était à le sentir gicler, choses qu'elle racontait toujours à moi qu'elle avait racontées à sa tante couchée presque morte sur la moquette-promotion du living.

— C'est à ce moment-là tata que j'ai vraiment su que c'était le Diable. Tu veux savoir comme je l'ai su ? Tu veux le savoir ?

Elle a pas répondu directement vu qu'elle avait la gorge prise par l'émotion, mais son menton a fait oui-oui de haut en bas, oui elle voulait le savoir oh oui son menton voulait le savoir.

Alors je lui dis ça avec ma voix encore plus douce et sans me presser surtout :

— C'est parce que tout à coup, tu te souviens que j'avais les yeux fermés, tout à coup je sens une odeur de bite devant moi, tu comprends tata devant moi et non plus derrière, et puis de la chair tiède vient se poser contre ma bouche, je peux pas faire autrement que d'écarter les lèvres c'était comme si j'avais faim de ça, une autre grosse bite m'entre lentement dans la bouche, je dis une autre parce que j'avais

toujours la première qui me défonçait par-
derrière, l'odeur de soufre aussi, les deux bites
semblent se mettre d'accord elles prennent le
même rythme exactement une devant une derrière, et à ce moment-là j'ai fait ce que j'aurais
pas dû faire et j'ai eu la preuve. Tu veux savoir
ce que j'ai fait tata ?

La gélatine du menton monte et descend
avec un petit oh-oh que j'entends. Oui elle veut
savoir ce que j'ai fait oh oui.

Alors moi je lui dis :

— J'ai ouvert les yeux.

J'attends deux ou trois secondes qu'elle ré-
percute bien ce qu'elle va entendre et je lui
ajoute :

— Et alors j'ai vu que c'était le même. Devant moi c'était le même que derrière avec ses
yeux comme le soufre et sa queue de rat qui
frappait partout sur les meubles. Le même tata
je t'assure. Aucun autre avait pu entrer. Il s'était
dédoublé tu comprends, de un il s'était mis en
deux, garanti que rien que les diables peuvent
faire ça, en plus que les bites elles étaient rouges et elles fumaient.

Alors d'un coup ma tante elle entreprend
quelque chose que je m'y attendais pas, elle se
balance de droite à gauche, de gauche à droite
puis elle s'élance et elle se met à rouler sur la
moquette comme un hippopotame en mal
d'amour, une chose que j'ai jamais vue mais

que j'imagine, elle atteint le pied avant droit de
son fauteuil clouté, que moi je le trouve affreux
entre parenthèses, celui-là là, elle attrape le
pied et je sais pas comment elle arrive à se his-
ser toute seule en soufflant à cent kilomètres à
l'heure, un genou puis l'autre puis le cul d'un
seul coup, les reins qui se redressent, la voilà
debout tenant le dossier et elle me dit :

— Bouge pas de là.

Elle se déplace ultra-péniblement vers la salle
de bains, elle ouvre la porte et avant d'entrer
elle me dit encore :

— Bouge surtout pas. Il faut que je sorte.

Et puis elle s'enferme au verrou pendant plus
d'une demi-heure, si tu veux savoir une sortie
d'elle c'est l'événement, moi pendant ce temps
je m'habille un peu comme tu me vois là avec
ma jupe en cuir et mon pull noir, quand elle
ressort elle est en technicolor, elle me dit encore de pas bouger qu'elle va me sauver, que je
me mette tout près de l'image de saint Michel
si des fois j'ai peur que l'autre revienne et elle
sort en ouragan.

Lila se tait maintenant l'air de me dire que
je connais la suite.

Moi je lui dis :

— Elle a crié qu'elle aussi elle l'avait vu.

— Ça c'est pas vrai.

— Lila et moi on a vu le démon, elle a dit.

— Il l'a enculée aussi, peut-être ?

142

— Elle a pas dit ça.

— Je te dis qu'elle l'a pas vu.

— Elle a dit que si.

— Elle a pas pu le voir puisqu'elle était pas là ! C'est moi que je lui ai tout raconté. Écoute Chimo enfin merde tu crois ma tante ou tu me crois ?

— Je te crois Lila.

Elle m'envoie un de ses sourires de printemps et elle me dit :

— Si tu me crois pas franchement je vois pas pourquoi tu m'écoutes.

— Et c'était vrai ?

— Quoi ?

— La chose avec le Diable, c'était vrai ?

— Tu vois comment tu es, elle me fait. Tu dis que tu me crois et tu me demandes si c'est vrai. Sûr que c'était vrai. Comme je t'ai dit. J'ai même oublié le détail qu'il avait des griffes, tu veux voir les marques ?

Elle retrousse sa jupe en cuir déjà bien collée, elle a toujours envie de montrer quelque chose, elle se marre en même temps quand même, je sais pas si c'est mieux de l'arrêter ou de rien dire, mais à ce moment j'entends du potin dans l'escalier et ils arrivent tous la tante la première avec les mecs de la bande et un jeune curé à lunettes en civil, le genre cool mais prudent quand même, pas l'excité à voir un démon embusqué dans toutes les touffes, pas non plus le vieux que connaît Grand Jo, un autre qu'on leur a indiqué un nouveau. Alors il commence à poser des questions et à quelle heure et où, il demande même à voir la chambre où c'est arrivé le surnaturel soi-disant, plus une période de confusion où les réponses de Lila elles cadrent pas avec les visions de la tante, est-ce que la tante a vu le Diable ou l'a pas vu il y a désaccord et gueulantes, je me doute que ça va durer, certains déjà sont là à s'ennuyer en plus Lila elle dit plus du tout ce qu'elle m'a dit, plus un mot de la baise d'enfer juste que le Diable est venu et lui a fait très peur, avec un coup d'œil à moi trois ou quatre fois comme pour me dire silence, encore un secret entre nous peut-être, et la tata en pleine frénésie qui comprend plus rien à quelque chose, qui sait même plus si Lila lui a dit la scène du cul et tout ça, la tata délire juste que le Diable a voulu s'emporter la chair et l'âme d'un ange de la terre, après elle commence à faire des prières, je comprends que j'ai eu le gâteau la cerise, qu'il y a plus de dessert à espérer, alors je me tire discret pour aller vite écrire tout ça avant que j'oublie.

Juste je termine là maintenant.

Le curé, vu qu'il est moderne, il a pas vraiment cru à l'histoire du Diable il me semble, même s'il a été poli avec la tante qu'il a vue secouée jusqu'aux cellules, il a dit quand même que les diables ça se faisait rare à l'heure présente même avec le retour du religieux et que la jeune fille il faudrait peut-être l'examiner, qu'il y a des remèdes pour ça. Bref il a adouci les choses, pas envie de se mettre dans ces épines-là, façon de dire c'est les oignons des médecins c'est pas les miens et il s'est tiré avec des paroles en sirop.

Mais le Diable qui débarque la queue en feu et la baise fumante, la tante a craché tout ça par petits morceaux superconvaincue et c'était la tempête alors dans la cité. Les locaux en majorité ils y croient, ça y est le Diable est venu au Vieux Chêne, remarquez bien il est pas allé ailleurs juste au Vieux Chêne, sûr qu'on a quelque chose que les autres n'ont pas, et moi je sais ce que c'est, c'est Lila. Mais les autres ils pensent pas tellement à elle, ils se voient plutôt favorisés comme d'avoir touché la cagnotte au loto, ils sont fiers même, le Diable c'est pas rien dites donc, du coup ils se sont mis à en voir partout avec des boucs des cornes et des balais volants.

Moi je me demande à propos du Diable ce qu'il chercherait par ici. À sa place j'irais plutôt dans les beaux quartiers, plus tu as d'argent et plus ton âme est lourde. Ici déjà que le parking est tout suintant, il y pleut dedans même sous la terre, on l'appelle la maison des crapauds, le centre sportif est si déglingué que même la barre fixe elle est tordue, que tout est grave, que les revêtements des bâtiments tu les vois s'effondrer à l'œil si tu les regardes une deux heures, que les filles se planquent de toi sauf trois ou quatre qui font peur aux chiens, tu as même pas de quoi les emmener zouker, et puis les autres qui tapinent et qui te regardent d'un œil absent, un œil qui sait bien que tu as un désert dans les poches, que tu existes pas après tout, que tu glandes matin midi soir et matin, que même dans tes rêves tu as aucun plan alors le Diable en plus, juste deux façons pour moi de voir les choses : ou bien il s'est gouré on n'avait pas besoin de lui vraiment, il tombe comme la pluie sur la mer, assez d'enfer comme ça c'est ce que disait la tata, ou bien alors au contraire salut grand frère tu as choisi le bon coin, prends qui tu veux, on commençait à se les coincer sans toi oui tu nous manquais ça je te jure.

Là tout d'un coup je me souviens de mon père, il s'est tiré quand j'avais douze ans, il disait toujours mon petit méfie-toi y a pas d'éventail en enfer. Je comprenais pas ce qu'il voulait dire maintenant oui. Il avait sa façon de parler comme ça, toujours abattu de malheur mon père et des fois ça revient vers moi. Il disait par exemple : s'il tombait des souliers du ciel c'est que moi je serais un serpent, ou alors si j'étais marchand de cercueils personne mourrait, s'il tombait de la soupe il me resterait juste une fourchette, si j'héritais d'un stock de brouillard le soleil brillerait la nuit. Quand on lui demandait d'où il était, il répondait je suis pas de chez moi et je comprenais pas le sens de ça.

Il disait aussi : y a des gens qui mangent les dattes et d'autres que tu leur jettes les noyaux.

Des fois je pense à lui quand je m'y attends pas et pourtant j'ai jamais de nouvelles, s'il a d'autres enfants avec sa pute ou quoi, où il vit son malheur maintenant, il me reste que ces phrases qu'il disait toute la journée, même son visage j'oublie.

C'est drôle aussi une chose, j'y pense là : tu sais que demain ça sera pareil et pourtant tu voudrais y être tout de suite, que le putain de temps passe à toute vitesse pour t'apporter la même chose ou pire.

Je suis né sans rien et j'ai toujours rien. Et demain c'est rien.

Pourquoi je me dis c'est jamais possible de vivre tranquille sur une planète pareille, pourquoi les uns ils ont et les autres ils manquent et les paysans l'été écrasent des tonnes de tomates et toi tu as faim, pourquoi, c'est toujours agité compliqué sur la terre putain de tout[1].

---

1. Les deux derniers paragraphes se trouvent, sans autre indication, en marge de la page 50 du deuxième cahier du manuscrit. Nous les avons placés arbitrairement en fin de chapitre.

Tout le monde après deux trois jours il a vu le Diable à sa fenêtre, les Martiniquais du bâtiment B ils ont dit que c'était le zombie machin qui les traquait depuis là-bas et finalement les retrouvait, d'où panique chez les doudous prières tremblements et tout, même un coq qu'elles ont sacrifié, en même temps les Maliens du C ont répliqué que pas du tout pas question de zombie de vaudou, de tout le carnaval, certitude que le Diable il venait d'Afrique, il y a que là qu'on voit fumer les bites en plus le coup du dédoublement c'est commun là-bas, sûr que voilà l'esprit de tatamoké ou bouboubadou ou je sais pas quoi qui a enjambé le désert et la mer, y a que lui pour faire ça, d'ailleurs le craccrac qu'il a imposé à Lila il va l'imposer à toutes les filles, l'heure est venue il lui faudra même des assistants mais quoi on sait pas au juste, là aussi tout le monde a son idée sauf moi la mienne. À voir que pour les uns c'est une excitation maximum pour les autres une peur à oublier ses couilles sur un banc. Les cathos trados comme la tante, une minorité menacée vu que le Christ il lâche du terrain, y en a qui disent qu'il devrait licencier le pape, celui-là il s'est mis au chaud dans la poche des flics, chaque connerie il l'embrasse, les cathos de la cité qui y croient encore ont déclenché une procession avec eau bénite et exorcismes, maintenant je connais ce mot, au moins ça m'aura appris quelque chose et aussi arrière Satan fous le camp d'ici sale bête, les bannières qu'ils brandissaient tu aurais dit des affiches pour les produits d'Auvergne, celle de saint Michel la plus haute, ils étaient bien une vingtaine en tout à asperger le béton de tous les côtés avec un bâton en argent troué, la tante en tête avec ses couleurs, tous qui chantaient à t'émietter les dents.

Les Maliens se sont mis à ricaner avec des cris d'animaux de chez eux, un même il a montré son cul au passage de saint Michel, c'est un de ceux du club de lutte africaine, il porte des bracelets tressés autour des bras et tout le temps il défie tout le monde à la Campana dans la rue partout sauf quand il faut vraiment se battre, au dernier grand tournoi d'Évreux paraît qu'il s'est fait répandre en quatre secondes, mais là montrer son cul à la bannière sainte c'était quand même un peu pousser, les cathos ont frémi au passage, j'ai cru que c'était parti pour une croisade miniature d'autant que la tante elle faisait son grand œil noir.

Mais le curé a juste rigolé même qu'on dit qu'il a manqué de religion, moi je crois qu'il se marrait sincère à voir un cul tout noir juste à ce moment-là, mais forcément on le lui a reproché ce sourire, s'il était là c'est qu'il était forcé, paraît qu'il fréquente des communistes ça explique pas tout quand même, mais voilà les cathos comme les autres ils se font très durs maintenant, obligés s'ils veulent garder de la clientèle.

Le soir ça s'est gâté, que les Maliens ont allumé un grand feu et sacrifié un mouton au couteau, le sang qui tombait dans la terre, puis vers dix heures et demie du soir le tam-tam, raison que le Diable c'est la nuit qu'on lui fout la trouille, le jour il dort et s'en contrebranle. Alors vers onze heures tourbillon de danses emplumées et tam-tam toujours, gueulements aux fenêtres partout vos boîtes là en bas, des pots de pisse qu'on leur balance, eux ils dansent à faire des trous dans la terre, untel appelle la police qui en a rien à foutre d'une java nègre, allez danser avec eux ils disent les flics et que le Diable vous encule tous jusqu'aux narines, vraiment c'est comme ça qu'ils parlent la nuit, le jour ils ont plus de politesse.

Alors les Antillais et aussi quelques vieux

cathos descendent avec des bâtons des tournevis et des couteaux à découper, ils foncent direct sur les Maliens et c'est la totale tout de
suite. Pas seulement le mouton d'égorgé ce soir
je me dis, mais moi je me mets à l'écart, j'ai
rien à voir avec cette chaleur.

C'est la nuit en haut et en bas, ça bastonne
farouche et ça crie ça se plaint partout, je vois
que des ombres qui se mélangent, j'entends
surtout des ouh des han, une ou deux bagnoles
s'allument quelle idée aussi de les laisser là,
c'est l'enfer venu de l'enfer et dans l'enfer y a
pas de flics ça au moins c'est sûr. Tout le
monde s'étripe dans le désordre sans clair de
lune ça fait vraiment peur, aussi les hurlements
des femmes.

Et puis ça retombe on sait pas pourquoi, ça
commence à sentir le sang c'est ça peut-être,
plus ou moins tout le monde s'en va après dix
ou quinze minutes sauf trois ou quatre qui ont
chopé et qui restent là, ils se traînent dans des
gémissements vu qu'ils sont blessés sûrement,
et deux poulets qui courent en battant des ailes
affolés, ils se cognent partout même au mouton
sanglant qui est pas encore cuit, des poulets à
cette heure-ci ça devrait dormir ou mourir.

Trois ou quatre obscurs se tabassent encore
sur le vieux gazon, les autres achèvent de se
tirer, le feu du méchoui va s'éteindre, toujours
pas la queue d'un flic dans le paysage de la nuit,

moi je suis resté à l'abri du noir, je commence à me déplacer pour rentrer chez moi sans passer par le champ de bataille, et elle est là Lila, pour une fois c'est moi qui la vois et pas elle, plaquée contre un arbre comme une captive dans les films, la tête un peu sur le côté elle bouge pas, elle a les yeux braqués là-bas sur les abrutis qui se battent encore.

Je m'approche avec du silence dans tout le corps, je la regarde maintenant, elle a passé sa main gauche sous sa jupe et je vois le cuir qui fait des petites vagues pourtant il y a pas de vent ce soir, et son autre main je la vois très bien, agrippée à l'écorce de l'arbre, les tendons saillants, à se faire saigner les ongles.

Le lendemain deux jeunes mecs de la télé se sont ramenés caméra sur l'épaule, ils ont commencé à filmer des marques brunes sur la terre et à se rancarder partout, mais nous on a pas voulu leur parler de rien. Même Grand Jo voulait les batailler et c'est vrai que toujours tu les vois rappliquer comme des mouches sur un nez qui saigne, pour eux les cités faut que ça pète et que ça brûle. On les engueule là-dessus on les traite de mange-merde, les deux mecs ils répondent que c'est leur boulot ils vivent de ça, là ils ont entendu parler d'une guerre de religion avec sacrifices sanglants et même le Diable peut-être.

Aussi ils ont entendu d'une fille blonde que son viol aurait tout lancé, mais qui l'a violée va savoir, ils demandent où c'est qu'elle habite dans quel bloc au moins, nous on leur répond pas la vérité, c'est moi le mieux renseigné dans l'histoire et je fais l'idiot qui a sauté les plombs.

Soyez chouettes ils disent, aidez-nous un peu ils insistent.

Moi je mate la caméra rapport à mon projet avec Lila que j'y crois pas réellement d'ailleurs, mais cette caméra elle est trop compliquée je saurais jamais me servir d'un outil pareil. Je sais que Ruben et les autres ils y pensent aussi, un beau cadeau vraiment de la télévision française, mais les deux mecs ils se tiennent à carreau, bon bon ils disent pas la peine de se fâcher, c'était peut-être juste une bricole vu que personne au fond est mort, faut pas le prendre comme ça nous aussi souvent on est dans la merde, mais tout un groupe s'amène du bloc G au pas rapide, trois quatre ont la main dans la poche, le ciel devient lourd, alors les deux mecs remontent presto dans leur bagnole et marchent la route.

Petit Maurice dit :

— C'est des enculés de leur mère, ils viennent ici comme au zoo. Ils te filent l'envie de foutre le feu même si l'envie tu l'as pas.

Après on s'en va. Bakary et Mouloud vont essayer de resquiller quelques pare-brise avenue Émile-Zola, mais ça aussi c'est racketté par les Kabyles, tu dois payer d'avance pour ton feu rouge, sinon gare au rasoir.

Ça m'étonne comme les choses sont des fois.

Ici tous on gerbe sur la cité que c'est une honte infâme d'habiter là, la preuve que les

gens balancent tout par les fenêtres, mais pourtant tu t'attaches au béton, à ce béton-là et pas
à un autre, je sais pas comment dire ça, tu es
de là c'est sûr, beaucoup sont nés là, le monde
était déjà dessiné avant qu'ils paraissent pas forcément comme ils auraient voulu, il leur faut
un endroit quand même et un endroit ils en
ont pas d'autre, leur pays c'est un bloc à loyer
modéré, béton ici comme partout, alors les
arbres et le gazon ils s'en branlent à l'aise.

Quand tu t'en vas de la cité elle te manque.

Tu peux pas croire ça et pourtant c'est vrai
je le jure. Oui on finit par aimer ça.

Tu peux pas le croire et pourtant c'est vrai,
c'est pas vrai toujours mais par moments si.
Mouloud il m'a raconté que son oncle et sa
tante et toute leur famille à Montfermeil ils ont
chialé quand on a implosé leur tour. Pourtant
ils arrêtaient jamais de gueuler contre cette
merde, qu'on a pas le droit de mettre des êtres
humains à vivre dans cette saloperie de bordel,
total quand on la détruit ils chialent dessus.

Imagine un oiseau dans un nid en béton
armé, il y a plus de paille sur la terre, et ses
œufs alors ?

Moi je crois pas franchement que je pourrais
chialer si je m'en allais. C'est vrai que ça peut
être pire ça c'est sûr, c'est vrai pour tout que ça
peut toujours être pire. L'idée d'aller me pau-
mer quelque part, toujours sans un rond de

toute manière, ces montagnes de pognon partout et moi les mains vides, à quoi bon partir je me dis, ailleurs aussi c'est le bouchon du siècle.

Mais quand même je chialerais pas si je m'en allais par la force, seulement si je devais quitter Lila ça oui. Elle est le seul motif pour rester pour partir. Sinon moi je sais pas dans quelle planète j'habite, ni où est le sud et le nord, je suis là maintenant je pourrais être ailleurs, partout c'est pareil je suis sûr, quand tu es fauché partout tu es pauvre, la terre est divisée en étagères invisibles, toi ici moi là.

Tu vois que les étudiants ils brisent tout pour avoir du pognon en plus pour les études, moi je m'en fous j'ai aucune étude possible, et tous les mecs aussi toujours dans la rue avec leurs pancartes, du pognon du pognon, même ça je peux pas le faire. J'ai pas perdu le droit de gueuler, je l'ai jamais eu. Sauf que les mecs de droite ils disent que c'est de notre faute à nous, les Français de la dernière salade.

Ça va taper dur bientôt.

Ceux qui vivent ici ils viennent de partout ou presque, sauf d'Asie parce que les Chinois ils se mélangent mal, et des fois ça châtaigne comme le soir du Diable. Les gens ils arrivent pas à se fondre ensemble comme le béton, plus on voudrait qu'ils soient les mêmes plus ils restent ceci cela, résultat voilà ils se cognent.

Grand Jo a quelque chose à faire il dit, on

sait pas quoi. Je crois qu'avec un autre copain ils ont découpé un gros grillage de chantier, ils essayent d'en faire des grils pour les vendre.

Petit Maurice et Ruben vont tenir un mur quelque part, ils savent pas encore lequel. Juste avant qu'on se sépare elle arrive à vélo Lila, de loin elle nous voit tous les quatre ensemble seulement elle appelle que moi quand elle passe, elle dit juste : salut Chimo !

Les autres c'est comme ils seraient pas là, elle les voit pas, ses yeux elle les passe à travers d'eux. Ils sont pas contents c'est normal, après tout la bagarre et les mecs troués c'est à cause d'elle, deux même ils sont à l'hôpital avec des entailles, et elle continue à faire la bêcheuse sur son engin d'homme.

Comme d'habitude ils l'appellent salope et petite pute entre leurs dents, ils ont que ces deux mots de toute manière, au début quand ils la voyaient ils étaient eux aussi pétrifiés, ils disaient avec des regards allumés y a rien à jeter là-dedans, le bon Dieu a fait un effort, il était pas paresseux ce jour-là comme d'autres, quel que soit le prix c'est pas cher, et maintenant ils ont que de l'insulte.

C'est la trouille peut-être je me dis. Elle leur fait peur, le démon en plus. À moi aussi un peu des fois. J'ai peur de ce qu'elle pourrait me faire faire.

Là quand elle passe, j'ose même pas lui répondre devant les autres, j'ai juste un petit geste de la main et elle s'en va en danseuse.

C'est la fin octobre déjà, c'est bientôt l'hiver.

Maintenant c'est la chose que j'arrivais pas à penser, je me suis dit ça non je vais pas l'écrire je pourrai jamais, et puis quand même je vais l'écrire avant de partir, parce que je vais partir après je vois pas autrement que faire.

Si jamais j'avais eu l'espoir de quelque chose là maintenant c'est fini c'est fini, comme quoi l'espoir ça se vend pas ça s'achète pas, même très grand le magasin il a pas ça dans les rayons, tu peux pas non plus le piquer à d'autres, même le mot tu connais plus à un moment et tu l'effaces de ta tête. Et qu'est-ce que je pourrais dire encore, je sais pas quoi, tout seul dans mes ruines et la nuit qui tombe, je suis dans le désordre et la tristesse grave.

Et puis je dis aussi que le Diable il existe, Dieu j'en suis pas sûr mais le Diable oui, il est là partout et le paradis nulle part, parce que l'enfer il prouve pas le ciel.

Il faut pourtant que je raconte maintenant,

je suis venu avec deux bougies pour faire l'effort au moins, mais j'ai l'impression que je suis plus vivant déjà, que le vent me remue facile, que la pluie me traverse et me frappe les os. Je parle et je dis rien, je décide d'aller à droite je vais à gauche et c'est comme ça depuis avant-hier, je sais plus où je suis, je reconnais plus rien, je demande mon chemin aux objets perdus il me semble, je me suis même trompé d'étage.

J'avais trouvé une caméra, voilà. Samy en avait une et il me la prêtait, une assez vieille mais qui marchait encore et même de la bande avec. À moitié content j'étais tout de même parce que je me demandais si j'aurais vraiment les genoux de la filmer comme elle voulait, en train de se faire enfiler par un ou deux bandeurs masqués, et moi je me dirais qu'est-ce que je deviens là-dedans pourquoi je fais ça au juste, j'aurais droit à un petit sucre ou non, elle m'avait parlé d'une bonne pipe un jour, de me rendre explosé heureux dans sa bouche, c'est pas des choses qu'on oublie mais moi je voulais davantage.

D'un autre côté mon cœur freinait, il avait pas vraiment besoin de ça, plutôt il avait besoin d'autre chose et l'autre chose je me disais : tu vas la perdre si tu te fais sucer, tu vas devenir un baiseur comme les autres, un de plus un de moins t'auras pas avancé en rien dans le sentiment, ce qui compte c'est qu'elle t'a distingué voilà, c'est la seule chose qui compte au monde, elle te crie salut et pas aux autres, elle te parle elle te soulève ses jupes, tandis que si tu fais le grand pas fatal, si tu rentres dans la file de ceux qui se l'envoient tu rejoins le peloton les anonymes, tu es plus qu'une feuille dans l'arbre et gare à l'automne et au vent.

Tout ça me faisait du souci, je me levais la nuit pour regarder la caméra je me demandais : je lui dis ou pas ? J'avais pas du tout envie de devenir son cameraman de partouze, même je peux dire que j'avais la crainte de souffrir à la voir baiser avec d'autres, je suis pas du genre à dire merci pour ces cadeaux, j'avais la crainte de me sortir de moi d'un seul coup de tout casser et de la perdre pour de bon adieu.

En même temps je me disais : si c'est pas toi ce sera un autre. Les mecs vicieux de l'œil ça manque pas. Et si Lila s'est mis ça dans la tronche elle le fera, sûr comme le retour de l'hiver. Autant que ça soit toi qu'un étranger. Fallait pas te laisser branler sur la bécane, alors. Mais peut-être aussi je me disais ça pour le courage, je sais jamais rien de mes idées.

J'explique bien comment j'étais dans la semaine avant tout ça, dans la confusion totalement, j'allais lui dire et j'y allais pas, même que ma sœur la petite l'a remarqué, elle m'a demandé si j'étais amoureux, ou malheureux alors, ou si j'avais une chance d'un travail quelque part, je lui ai dit que non rien du tout.

Je suis là maintenant dans mon bureau, c'est plus dur que jamais d'écrire, je viens d'allumer une bougie et de la coller sur un bloc de plâtre, les bougies je les ai piquées à la voisine en lui apportant son courrier, de toute façon elle s'en sert jamais elle est presque aveugle, je suis là j'écris dans l'ombre ou presque il fait un peu froid, il paraît qu'ici c'est cuit ils vont reprendre les travaux et puis bientôt ce sera trop l'hiver pour rester là, les jours raccourcissent, c'était mon bureau de l'été c'est tout.

Je vais écrire longtemps ce soir, je sais pas si j'aurai assez avec deux bougies.

J'écris très mal, j'arrive pas à me relire pour mettre au propre. J'ai jamais écrit aussi mal.

Trois jours avant ça Mouloud et Ruben m'avaient dit encore qu'ils avaient vu Lila partir dans une limousine ou à peu près, toujours le même type de bagnole à rideaux, mais ça j'en suis pas sûr surtout maintenant, je crois qu'ils fantasmaient comme des lunatiques sur elle et qu'aussi ils voulaient la salir déjà.

Je vois que j'ai une grande peine à raconter ça là dans la nuit, j'ai plus envie d'écrire bien, de toute façon moi j'écrirai plus, si elle me parle plus qu'est-ce que j'écrirai d'ailleurs et pourquoi.

Ma mère m'a pas vu rentrer, elle doit penser

que je traîne dans des endroits et elle me mau-
dit avec sa voix très basse.

Lila je l'ai rencontrée trois heures plus tard,
elle marchait lentement lentement dans la rue,
elle raclait ses pieds par terre avec ses deux
mains derrière le dos, je l'ai rattrapée je lui ai
demandé où tu es allée dans cette bagnole, elle
m'a dit quelle bagnole elle avait l'air de sortir
d'un voyage.

— C'est mes potes qui t'ont vue, je lui dis.

— Qui m'ont vue quoi ?

— Ils t'ont vue monter dans une bagnole et
partir.

— Quand ça ?

— Aujourd'hui là.

— Tes copains c'est des demeurés de leur
mère, elle me dit, tu l'as pas encore compris ?
Ruben il sait pas compter jusqu'à douze et il
sent tellement mauvais que même les fourmis
l'évitent. Ali tu as vu ses dents ? C'est pas un
dentiste qu'il lui faudrait c'est un ramoneur.
Mouloud c'est un obsédé fixe, pour lui le
monde est juste un cul, c'est le genre de rigolo
qui fait peur aux filles, il se branle quatre fois
par jour sûrement à en avoir des inflammations
dans le coude. Et Petit Maurice avec son baratin
minable et sa peau verte, il parle c'est pour pas
penser à sa taille, il est tellement loin du ciel
que tu le prendrais pour une herbe molle, celle
qui fait vomir les chats.

Et elle continue comme ça furieuse tous y passent, Grand Jo qui est un abruti patenté, tellement con que même les autres l'ont remarqué, et les autres dans le même jus, gaulois ou pas tous des aplatis des ringards. Jamais je l'ai entendue parler comme ça avec une sincérité violente, déjà même ça m'étonne qu'elle les connaisse tous par leurs noms.

— C'est tous des minus et des avortons, des morceaux d'homme. Je les regarde pas quand je passe j'aurais trop peur de me salir les yeux alors ils m'en veulent, ils crachent sur moi je le sais. Mais tu craches sur la tête du poisson et la mer tout entière pourrait pas le mouiller. Ils peuvent rien de rien contre moi. Ils me traitent de petite pute et alors ? Si ça me fait plaisir hein Chimo ? Si j'aime bien moi d'être une petite pute ? Je suis pas pour eux, ça au moins ils le savent et là au moins ils se trompent pas. Je préférerais tous les salopards de la terre plutôt que ces pauvres enfoirés, ils ont trop de mouches collées au cul ça doit être beau dans leur slip. Et puis je m'en fous, tout ce qu'ils peuvent dire sur moi ça glisse.

Elle s'arrête un petit peu puis elle reprend pour moi :

— Des fois ça me fait mal de te voir avec eux Chimo. Je te jure ça me fait mal, vous vivez pas au même étage. Ça aussi je le sais tu vois. C'est pour ça que je suis gentille avec toi au moins.

Parce que je suis gentille c'est vrai, ça au moins tu peux pas me dire le contraire.

Je lui dis pas le contraire.

Je suis un peu secoué de ce qui m'arrive maintenant, je m'y attendais pas évidemment, d'un coup elle se met à me parler de moi en personne, que jamais avant. C'est vrai aussi qu'elle est un peu bizarre là toute seule à marcher lentement dans la rue.

Elle vient contre moi vraiment, elle s'est calmée on dirait, elle me regarde comme pas une autre. Je suis là je la vois, elle pourrait me demander la mort.

— Mais des fois je me dis que tu es comme les autres, elle me fait, que tu vaux pas mieux. Que tu as la vie bornée devant toi, que tu penses à rien. Parce que les mecs, je te l'ai dit, c'est toujours de là que ça flanche.

Elle se touche doucement la tête en disant ça :

— Y a que ça Chimo, tu comprends, y a que ça. Tout le reste c'est de la poudre. Ou tu en as là-dedans ou tu en as pas, et moi je croyais que tu en avais un peu. Je veux dire : un peu plus que les autres tu vois.

Ça fait mal tout ça à entendre, en plus je sais pas quoi lui renvoyer.

Elle fait même pire, elle dit ça :

— En plus moi qui croyais que tu étais mon ami. Tu connaissais tous mes secrets, je te disais tout mais je me suis trompée sur toi, tu es aussi bidon que tous les autres tu es aussi nul.

Elle pivote complètement et elle s'en va mais pas loin, elle se retourne de nouveau vers moi elle me dit :

— La bagnole ? Et alors quoi la bagnole ? J'ai pas le droit d'avoir des amis par exemple ? Des amis qui m'emmèneraient en voiture quand j'en ai envie ? Ça j'ai pas le droit ? Ça te regarde ça peut-être ?

Je fais signe que non ça me regarde pas.

— Parce que je t'ai branlé une fois, ça te regarde ?

— Non non, je dis.

Alors maintenant d'un coup tout se mélange, elle me fait :

— Ce que je t'ai raconté sur le Diable, tu le savais que c'était pas vrai, que je l'avais inventé pour allumer un peu ma tante, tu le savais mais tu l'as pas dit. Pourquoi tu l'as pas dit ?

Je réponds rien.

— Tu aurais pu éviter la bagarre et tout ce bordel, mais tu l'as pas fait, tu as rien dit. Moi je voulais me marrer juste foutre le feu sous le cul de ma tante, que j'en peux plus qu'elle radote. Tu crois quand même pas que le Diable existe avec sa grosse queue de rat ? Et s'il existe qu'il est venu ici ? Non mais tu déconnes ou quoi ?

J'ai envie de lui dire que si, que j'y crois au

Diable. Mais de nouveau maintenant elle change et elle me fait avec un sourire à me tuer :

— Même quand j'étais seule je pensais à toi. Une fois je me suis branlée en pensant à toi, tu es pas obligé de me croire. Même qu'on se mariait je pensais, même qu'on avait des enfants.

Tous ses mots me piquent comme des fléchettes avec du poison.

— Si je suis une petite pute et alors ? Tu veux que je fasse quoi ? Tu as autre chose en vue pour moi ? Tu m'as déjà proposé quelque chose ?

Elle va presque pleurer on dirait.

Je suis tout cassé tout tremblant, jamais un truc pareil m'est arrivé, j'ai envie de la prendre et de la serrer fort, je crois que oui j'aurais dû le faire mais j'ai pas pu, je sais pas pourquoi j'ai pas pu. Quelque chose là me faisait peur encore.

C'était trop tard quand j'ai réalisé ses paroles. J'avais oublié qui j'étais, aussi de lui parler de la caméra, tout oublié. Déjà elle s'en allait vite cette fois sans se retourner toute seule, et moi j'ai pas trouvé un mot un geste.

Voilà c'est le moment le plus con de ma vie.

Mon père il disait souvent des choses que je comprenais pas que déjà son père lui disait, comme l'aveugle crève les yeux de son enfant, ou la forêt sera brûlée par son propre bois, maintenant ce soir je commence à comprendre un peu, qui sait pourquoi il est parti mon père, où il est et s'il pense à son fils des fois, et moi aussi d'ailleurs je vais partir, ma mère sera de nouveau abandonnée, mais je lui coûte tout je lui rapporte rien, ça la soulagera si je m'en vais je crois.

Ce que disait mon père c'est vrai je le sens maintenant, je regarde la deuxième bougie qui brûle déjà, deux trois insectes qui tournent autour mais qui veulent pas se brûler, et toute la nuit comme ça, la bougie mourra avant eux.

Je sais pas où je vais aller je sais pas du tout, j'ai plus de cœur, je pleure ma race et tout le reste.

Je raconte vite la fin sans brouillon, je peux pas écrire longtemps[1].

Je me décide enfin, je prends la caméra et je vais la voir, je vais lui dire je suis d'accord, j'espère qu'elle m'ouvrira la porte quand même.

C'était hier l'après-midi. Samy m'appelle quand je passe devant la Campana il me dit que les copains sont venus, ils avaient du fric vu que Grand Jo avait vendu à Clichy quatre gros blousons piqués dans un camion à un feu

---

1. Les trois dernières pages du manuscrit sont couvertes de ratures et très difficiles à déchiffrer.

rouge, Samy me dit qu'ils ont picolé salement qu'ils étaient superexcités à la fin, qu'ils ont commencé à parler de Lila, à dire qu'elle allait bien voir un jour cette salope prétentieuse et pourquoi pas même tout de suite, et puis qu'ils sont sortis ça fait deux heures au moins déjà, on les a pas vus revenir.

— Où ils sont allés ? je lui dis.

— J'en sais rien. Chez Lila, je crois.

Je sais pas pourquoi la peur me prend le ventre, je sors je me mets à courir, j'entre je monte vite, j'entre chez Lila par la porte ouverte et ce que je vois je peux pas le dire.

La tante est allongée dans un coin les mains attachées elle bouge pas, elle a un sac en plastique sur la tête, Lila est attachée sur le canapé avec une corde, le canapé est renversé sur le côté, Grand Jo tient Lila par les épaules, ils lui ont mis un torchon serré dans la bouche, Mouloud est en train de la baiser on dirait, deux mecs du bloc G lui tiennent les jambes. elle a la tête en arrière et les yeux fermés.

J'entre je vais vers eux, ils me regardent en rigolant et un mec du bloc G me dit tu as vu un peu, elle la ramènera moins maintenant, si tu veux tu te mets dans la file d'attente, moi je frappe avec la caméra, je gueule je crois je sais plus ce que je dis, Grand Jo et Mouloud se tirent presque tout de suite, Petit Maurice Ali et Ruben je les vois pas, ils sont peut-être là mais

je les vois pas, Gilbert non plus, la table aussi
est renversée, le tiroir s'est vidé sur le sol plein
de choses, je prends un couteau je l'agite les
autres me crient fais pas le con Chimo, ils se
tirent un après l'autre, à ce moment je vois du
sang qui coule sur les cuisses écartées de Lila,
je comprends ce que ça veut dire, je lui enlève
le torchon qui tombe presque tout seul je lui
coupe sa corde, elle dit d'abord rien, elle fait
que respirer vite vite, à ce moment elle ouvre
les yeux et elle me voit.

Elle me voit le couteau à la main juste devant
elle, elle se met à crier toi aussi toi aussi, elle
est disjonctée totalement on dirait avec du
rouge aussi dans l'œil, toi aussi et salaud salaud,
l'horreur dans tout son visage, ça va tellement
vite je sais pas quoi lui dire, sa tante là qui
remue un peu on dirait mais pas assez pour se
lever, ils l'ont quand même pas tuée je me dis,
non ils l'ont pas tuée elle bouge, j'achève de
couper la corde je tends la main je veux aider
Lila mais elle recule en criant non non non,
son pied heurte la caméra par terre elle trébu-
che, c'est là que j'ai mal fait je crois, j'ai voulu
pour la rassurer aller près d'elle la prendre par
la main, je suis venu trop près, j'oublie que je
tiens le couteau, la fenêtre était là ouverte, Lila
se bascule en criant non non salaud, elle passe
par-dessus la barre les bras tendus, elle tombe
je la vois plus, je me penche elle est déjà cinq

172

étages plus bas cassée toute seule et morte, rien
que les cheveux qui bougent un peu et le sang
sur ses cuisses de là où je suis je vois que ça.

J'ai encore un peu à dire, c'est pas beaucoup.

Je suis descendu alors je sais pas comment, je
me souviens pas de l'escalier, j'aurais pu sauter
moi aussi, déjà en bas des gens la regardaient
la tête fendue et les yeux ouverts.

Ils disaient l'hôpital la pauvre la police.

Puis c'est passé très vite mais je me souviens
mal, les flics m'ont pris, ils m'ont dit allez
raconte-nous que tu l'as violée avec les autres et
que vous l'avez jetée raconte, mais la tante qui
avait sorti sa tête du sac a dit que c'était pas
moi, un autre aussi qui regardait du palier, j'ai
tout raconté ce que je savais mais pour ce jour-
là, rien des autres jours ça c'est mon secret,
c'est pas pour les flics ni personne.

C'est juste pour moi pour l'écrire.

Ils ont rien contre moi les flics ils me l'ont
dit, je peux faire ce que je veux je suis libre.
C'est bien d'être libre vraiment, je leur dis
merci au revoir.

Samy aussi ils l'ont interrogé.

Trois ou quatre de la bande ont été pris, mais
bon.

Et la tante il paraît elle arrête pas de parler,
c'est l'événement de sa vie.

La mort m'arrive pour la première fois, je
l'attendais pas.

Ma bougie va s'éteindre dans quatre cinq minutes et il fera noir et aussi du vent. Je rentre pas à la maison c'est décidé, je vais passer la nuit ici attendre l'ouverture de la poste et envoyer ça demain je sais pas où.

Toute ma vie j'ai gêné tout le monde, j'étais de trop j'aurais jamais dû exister mais voilà.

Lila était la seule chose, Lila et ce qu'elle disait, je sais pas si on comprend bien, il y avait rien d'autre.

Je la verrai plus maintenant ils vont la brûler on a dit, je la verrai plus et c'est tout.

ÉGALEMENT CHEZ POCKET
LITTÉRATURE « GÉNÉRALE »

ALBERONI FRANCESCO
Le choc amoureux
L'érotisme
L'amitié
Le vol nuptial

ARNAUD GEORGES
Le salaire de la peur

BARJAVEL RENÉ
Les chemins de Katmandou
Les dames à la licorne
Le grand secret
La nuit des temps
Une rose au paradis

BERBEROVA NINA
Histoire de la baronne Boudberg
Tchaïkovski

BERNANOS GEORGES
Journal d'un curé de campagne
Nouvelle histoire de Mouchette
Un crime

BESSON PATRICK
Le dîner de fille

BLANC HENRI-FRÉDÉRIC
Combats de fauves au crépuscule
Jeu de massacre

BOULGAKOV MICHAEL
Le maître et Marguerite
La garde blanche

BOULLE PIERRE
La baleine des Malouines
L'épreuve des hommes blancs
La planète des singes
Le pont de la rivière Kwaï
William Conrad

BOYLE T. C.
Water Music

BRAGANCE ANNE
Anibal
Le voyageur de noces
Le chagrin des Resslingen

BRONTË CHARLOTTE
Jane Eyre

BURGESS ANTHONY
L'orange mécanique
Le Testament de l'orange

BUZZATI DINO
Le désert des Tartares
Le K
Nouvelles (Bilingue)

CARRIÈRE JEAN
L'épervier de Maheux

CARRIÈRE JEAN-CLAUDE
La controverse de Valladolid
Le Mahabharata
La paix des braves
Simon le mage

CESBRON GILBERT
Il est minuit, Docteur Schweitzer

CHANDERNAGOR FRANÇOISE
L'allée du roi

CHANG JUNG
Les cygnes sauvages

CHATEAUREYNAUD G.-O.
Le congrès de fantomologie

CHOLODENKO MARC
Le roi des fées

COURRIÈRE YVES
Joseph Kessel

DAVID-NÉEL ALEXANDRA
Au pays des brigands gentils-
hommes

Achevé d'imprimer en avril 1997
sur les presses de l'Imprimerie Bussière
à Saint-Amand (Cher)

POCKET - 12, avenue d'Italie - 75627 Paris Cedex 13
Tél. : 01-44-16-05-00

— N° d'imp. 785. —
Dépôt légal : avril 1997.

Imprimé en France